Zebraska

ISABELLE BARY

Zebraska

ROMAN

Retrouvez l'auteure sur son site Internet :
www.isabellebary.be

Cet ouvrage est paru pour la première fois
aux Éditions Luce Wilquin, en Belgique, en 2014.

© Éditions J'ai lu, 2020.

Le Code de la propriété intellectuelle interdit les copies ou reproductions destinées à une utilisation collective. Toute représentation ou reproduction intégrale ou partielle faite par quelque procédé que ce soit, sans le consentement de l'auteur ou de ses ayants droit ou ayants cause, est illicite et constitue une contrefaçon sanctionnée par les articles L335-2 et suivants du Code de la propriété intellectuelle.

*Aux zèbres,
aux crépuscules,
aux imaginatifs et aux voluptueux.*

*À mes fils, toujours,
aux enfants de demain...*

« L'amour est le triomphe de l'imagination sur l'intelligence. »

Henry Louis MENCKEN

Prologue

Je m'appelle Martin, un nom classique qui ne suppose aucune association stupide. Aujourd'hui encore, je rends grâce à mes parents pour cette délicatesse.

Je suis né le 21 mai 2040. Un lundi. Je ne peux pas l'oublier, j'ai toujours détesté les lundis. Ils sont brun foncé, larges comme des tunnels dans lesquels on est forcés d'avancer. Quand, adolescent, j'épelais les lettres dans ma tête (L-U-N-D-I), cela m'emplissait d'angoisse. Ce n'était pas pareil pour samedi, qui est jaune canari et dont les syllabes sentent bon.

Il paraît que la majorité des gens ne voient pas le monde comme moi. On m'a tympanisé ce concept depuis que je sais parler. J'ai très vite compris le principe, puis j'ai fini par l'admettre, ce qui a été un peu plus long. Ensuite, je me suis adapté.

Quand j'étais petit, il n'était pas rare que mon père me parle de livres. J'ai quelquefois eu la tentation d'en lire un. Je ne l'ai jamais fait. Comme tout le monde, je doutais du pouvoir des histoires.

Jusqu'à ce que l'une d'entre elles ébranle la mienne.

Nous sommes en 2055. J'ai quinze ans à l'époque.

Comme d'habitude, je suis le premier à franchir la porte du lycée à la fin des cours. J'attends Louna et Scotty au sommet du grand escalier qui domine le centre-ville.

C'est vrai que j'ai toujours eu un besoin obsessionnel de routine. Chaque objet doit avoir sa place. Si une Harley-Davidson de ma collection de maquettes est déplacée d'un millimètre, ça me rend fou. Qui dit fou dit colère. Malgré tout, je contrôle.

Les étudiants commencent à envahir les marches, leurs lunettes holographiques sur le bout du nez. J'adore ce moment où chacun est plongé dans ses propres images, invisibles pour les autres. Je les regarde sourire, s'énerver, bouder, et je joue à leur imaginer des histoires fugaces. Mais cet après-midi je n'ai pas le cœur à inventer des mondes merveilleux. Mes amis n'arrivent pas. Quelques flocons se sont mis à tomber sur la ville.

Il fait froid et je relève le col de ma veste. Je suis passablement énervé. À cause de leur retard, j'avoue, puis surtout à cause de ce bouquin qui me hante depuis des semaines. Une centaine de pages, trente mille mots à peine. Qui me font blêmir.

Tout m'émeut toujours. Inaltérablement, tout m'angoisse.

Louna arrive la première. Elle a relevé ses cheveux dans une pince en forme de fleur. Son visage est si parfait qu'il n'en existe aucun autre auquel j'aurais pu m'attacher. Louna, je l'aime. Depuis mes huit ans. Toujours la même petite amie ! Bien que cela me paraisse parfois surréaliste, j'aime penser qu'elle sera un jour la mère de mes enfants. Nous projetons de vivre sur une autre planète, d'où nous venons très probablement tous les deux. Elle s'approche en souriant – Louna sourit invariablement –, se hisse sur la pointe des pieds jusqu'à ce que ses lèvres touchent les miennes. J'aime ce tendre rituel, mais le fichu bouquin est plus fort que tout. J'ai beau essayer de le chasser de mon esprit, il me revient sans cesse et m'empêche d'être vraiment là.

C'est bien tout mon problème, je n'ai jamais eu de bouton off. Et donc je mouline, jusqu'à l'épuisement.

— T'es sûr que tout va bien, Marty ?
— Hein ? Oui, oui, ça va !

Il y a ce mot surtout, *maudit*, page 60 du fameux bouquin, qui me cogne de plus en plus dans la tête.

Louna se love sous mon bras. La chaleur de son corps me fait l'effet d'un soleil sur le cœur. Je sais que je ne pourrai plus lui cacher mon secret bien longtemps.

Scott arrive un peu après Louna, les mains au fond des poches, les cheveux hirsutes, presque hilare. Je dois avoir un air particulièrement suspect parce qu'il me dit :

— Mais qu'est-ce que t'as ? T'es vraiment bizarre depuis quelque temps.

À Scotty aussi, il faudrait que je parle. Avec lui tout a toujours été différent. Il est mon seul grand ami. Un vrai normo-pensant, pourtant ! Il peut me dire n'importe quoi, si ses mots m'atteignent souvent, ils ne me déchirent jamais. Peut-être parce qu'il sent un peu la pomme verte et que j'adore le mot *pomme*. Peut-être aussi parce qu'il n'existe rien de méchant en lui. Pourtant c'est un crâneur, un poseur, du genre qui n'a peur de rien, lui.

Généralement, tout me vexe, me prend le cœur et le corps. Parce que j'appelle toujours un chat un chat. Donc, quand on me dit : « T'es con », même en rigolant, je me sens agressé. Voilà pourquoi, depuis tout petit, j'apprends à penser entre les mots. Con égale affectueux égale sympa égale je dois sourire bêtement ! Le raisonnement est complètement crétin, mais il fonctionne, alors pourquoi pas ?

Mon mot tambourine tellement fort que les siens me font mal à la tête. Et je lui lance un peu méchamment :

— De toute façon, tu ne pourrais pas comprendre.

Comme si j'étais forcément plus malin que lui.

Il sait que mes paroles sont parfois piquantes et dépassent souvent ma pensée. Pourtant, cette phrase le blesse, parce qu'il est comme un frère pour moi. Alors je déballe tout, pas l'histoire du mot *maudit*, il est trop tôt encore. Celle du livre. Je dis, je crie presque :

— Je lis un livre et ça me met à l'envers, voilà, t'es content ?

— Tu lis un livre ? Un livre de papier ?

Je sens immédiatement son imperméabilité à mon extravagance. Même Louna est interloquée. Scott se met à rire. Il me rebaptise « Barjot ». Il dit « Barjot » comme on dirait « Mon pote », n'empêche, ça me fait mal cette fois. Et je me dis que j'ai toujours dû l'ennuyer un peu avec mes idées tordues. Alors lire un bouquin, c'est le summum !

Je lâche la main de Louna qui avait glissé dans la mienne et je les plante là, tous les deux.

Je marche, vite, de plus en plus vite, une rage sourde collée au ventre. *Maudit, tu es maudit*, me rappelle chaque pas. Les aérotrains filent dans le ciel sombre, entre les gratte-ciel et les jardins suspendus. Je pousse la porte de mon immeuble, je prends l'ascenseur de verre comme si j'étais poursuivi. La colère est à son comble.

Ma mère est là, dans l'appartement, elle palabre avec une vendeuse de lunettes holographiques à domicile. Je ne les salue même pas. Je claque la porte d'entrée. Ma mère s'excuse :

— Je suis désolée, c'est mon fils. Il est très émotif, parfois un peu excessif.

Je déteste quand elle parle de moi de cette façon, à la troisième personne. Puis la dame répond :

— Il est… enfin… c'est ça ?

La porte de ma chambre aussi je la ferme vigoureusement. Le monde entier doit savoir mon désarroi. *Maudit, maudit, maudit.* Mes yeux scannent la pièce. Les choses n'y sont pas exactement à leur place. L'à-peu-près me fait l'effet d'un bordel sans nom. Contre le mur, mon arc à flèches ; sur l'étagère, ma collection de motos ; au sol, un pyjama fatigué et sur mon lit suspendu, des draps défaits et mon lapin en peluche. Parce qu'à quinze ans j'ai encore un doudou. Un lapin râpé qui sent ma salive et mes chagrins. Je le frappe, le déchire, le lance et l'embrasse. Je l'aime vraiment. Je donnerais ma vie pour mon doudou. Parfois j'ai honte. Mais je préfère martyriser mon doudou que ma copine.

Tout dans cette chambre me rappelle qui je suis. Et depuis peu, un autre élément, très perturbateur, fait aussi partie de l'équation de ma vie. Il est bien là, à peine dissimulé par mon oreiller.

Un livre, à la couverture rouge et au titre étrange : *Zebraska*.

Je bondis sur l'objet de tous mes tracas, je le feuillette frénétiquement, jusqu'à ce que je retombe sur ce mot, *maudit*, qui semble vouloir me dévoiler le pire des secrets. Je déchire la page, jette le bouquin contre le mur, mais l'idée s'acharne en moi. *Suis-je maudit ?*

Je dévale l'escalier. La vendeuse de lunettes est partie. Dans le hall d'entrée, ça sent le chou. J'ai la truffe fine et les odeurs fortes me dégoûtent, mais le chou, c'est pire que tout. L'idée même d'un morceau de chou cuit qui s'approche d'une bouche me donne l'envie de vomir. Alors je retiens ma respiration et, à ma mère, je crie sans la voir que je vais au stand de tir.

Lorsque mon disque dur intime manifeste un état de saturation, je pars souvent tirer à l'arc. J'ai commencé à six ans. Tendre, viser, respirer, lâcher me vide la tête. Le club est situé à une dizaine de blocs d'immeubles de verre de chez moi, en plein bois de sapins. J'y vais toujours au pas de course, le nez au ras du sol, comme pour fendre le silence. Cette fois, j'ai tellement forcé l'allure qu'il me faut plusieurs minutes pour récupérer. J'ai à peine pris le temps d'enfiler mes protections, de vérifier la tension de mon arc que, déjà, les pensées sombres me rattrapent. Alors je décoche deux ou trois flèches molles, tranquilles, et je cesse de cogiter. Mes doigts dociles se font précis, ma nuque se décontracte, ma mémoire interne s'allège de ses fichiers inutiles. Je fais de la place. De la place pour penser plus loin. Quelques flèches encore, plus centrées, plus agressives. Dans le mille. Puis huit lancers droits et répétitifs. Je ramasse mes projectiles.

Maudit. L'effroyable mot s'est tari. Pas tout à fait envolé. Il est là, en filigrane.

Je me demande ce que ce livre a encore à me révéler. Tout a changé depuis qu'il est entré en ma possession, il me titille, me bouscule, me fait peur parfois, mais jamais encore il ne m'a affolé à ce point. J'ai la trouille qu'il me dévoile. Au fond de moi, je sais bien que je ne suis pas juste un mec que le « trop » écœure : trop chaud, trop de bruit, trop long, trop serré. Un mec qui voit la vie en noir et ne supporte pas de perdre. Franc, intolérant, imposant ses idées, car celles des autres lui paraissent souvent insolites. Je sais aussi que je suis plus qu'un gars au sens de la justice surdéveloppé, surtout quand cette justice le sert ! Et à l'humour caustique que peu trouvent drôle. Oui, je suis nerveux et même énervant. Avide de sens. Émotif. Impatient. Excessif.

Pourtant, je suis aussi autre chose que tout ça.

Mais quoi ?

J'en suis convaincu, seul ce livre peut me l'apprendre.

Zebraska est arrivé dans ma vie quelques semaines auparavant, la veille de Noël.

Je suis occupé à préparer un exposé de sciences sur la réalisation d'un miroir connecté qui analyserait la peau et prescrirait le bon produit pour la soigner.

Mon cerveau fourmille d'idées. C'est une sorte de phénomène inné. Elles viennent toutes en même temps et ma tête ne s'arrête jamais de tourner. Je passe de l'une à l'autre en jonglant. C'est épuisant ! Si un sujet m'intéresse particulièrement, j'arrive à m'y plonger profondément. Cela me détend jusqu'à ce que quelque chose vienne me contrarier.

Justement, alors que je suis prodigieusement absorbé par les images diffusées par mes lunettes holographiques, mon père et son allure solennelle entrent subitement dans ma chambre. Je sursaute. Papa a l'air sérieux et doux à la fois, une mixture étrange dont il détient le secret. Il est élégant, brillant, toujours si sûr de lui. Un dieu vivant !

— Martin !

Il prononce mon nom comme on entame une déclaration.

— J'ai quelque chose pour toi.

Il me tend un tas de feuilles, assemblées comme un vieux ballot dans une couverture de carton rouge.

— Tiens, le cadeau de Noël de Mamiléa.
— Elle est partie ?
— Oui, ce matin !
— Partie où ?
— Mais enfin Martin, tu sais bien !

Une bouffée d'angoisse s'empare de moi, accompagnée d'une idée noire qui me donne l'envie de hurler.

Partie, éteinte... morte ? Est-ce son héritage que mon père me donne là ? Un livre pour Marty ? Elle me lâche cruellement en me léguant un livre de papier, moi qui n'en ai jamais lu un seul ? Y a-t-il un mode d'emploi ?

Mon père, un tantinet moqueur, me ramène immédiatement à des pensées plus engageantes. Comme chaque année, Mamiléa a rejoint mon grand-père qui travaille en partie en Afrique. J'avais zappé l'affaire !

Alors que je transpire encore des tours que mon imagination vient de me jouer, je m'empare du drôle de cadeau. Au contact du papier, mes doigts ressentent comme le passage d'une houle, invisible, mais forte. Si forte qu'en regardant l'écriture penchée qui, sur la première page, annonce : « À mon petit zèbron Marty » je suis pris de tremblements.

Je remonte mes lunettes holographiques sur le haut du front pour observer l'objet précisément. À mon père, qui me dévisage en silence comme si je constituais le sujet principal d'une expérience scientifique, je dis :

— Un livre de papier ? Quelle drôle d'idée !

Je n'entends pas sa réponse. Je suis tellement déçu. Je vénère ma grand-mère. Elle est la seule à savoir ce qui me réjouit. À me comprendre vraiment. Elle prétend que je n'ai de mémoire que dans le cœur. C'est une expression sortie tout droit de son sac à malices, les mots d'un certain Montesquieu. Mamiléa adore replacer des paroles antiques de gens décrépits ! Il faut bien avouer que c'est un peu vrai, ce qu'il a dit, l'ancêtre.

Le souci, c'est que le cœur n'oublie pas.

Jamais !

Je vis donc dans l'émotion constante de souvenirs intarissables. Ceux qui pensent qu'il s'agit là d'une largesse n'en ont pas assez pour comprendre que c'est un véritable supplice. Je suis victime de xénophobie inversée, d'un a priori faussement avantageux. Je suis un zèbron dans un monde d'antilopes.

Et cette différence affirmée est une infamie !

En réalité, un adjectif suffit généralement pour définir les gens comme moi : *surdoué*. Et me voilà embrigadé par un mot qui induit la supériorité et sous-entend par là même que la majorité des personnes – les fameuses antilopes – ont un mental médiocre !

On dit aussi HP (haut potentiel). Ou encore HQI (haut quotient intellectuel), THQI (très haut quotient intellectuel), PESM (personnes encombrées de suréfficience mentale), PAIE (personnes atypiques dans l'intelligence et l'émotion). OVNI (objet volant non identifié), c'est pas mal non plus.

J'aurais pu ne jamais faire savoir la chose, mais elle se voit comme le nez au milieu du visage. Pas physiquement, bien sûr, mais elle se sent.

Au lycée, c'est carrément gravé sur la porte de la classe : je suis en 1^{ère}B EIP (enfants intellectuellement précoces). Il y a aussi les classes de DL (dyslexiques), de DC (dyscalculiques), de HA (hyperactifs), de TA (troubles de l'attention)...

Dans la cour de l'école, on se mélange, bien sûr, on se côtoie, on s'aime bien même. On nous a tellement appris à apprécier la différence. Mais dès qu'on aborde les choses sérieuses, on nous compartimente. Or, c'est absurde de faire entrer dans une case ce qui, justement, est incasable. Voir le monde autrement ne mérite aucune étiquette. Dire six demis au lieu de trois ne nécessite pas dix pages d'explications sur Wikipédia. Cela en exige en revanche mille d'être si tordu !

En Angleterre, ils nous appellent les *gifted* (« ceux qui ont reçu un cadeau »). Cadeau ? Un cerveau qui n'arrête jamais de mouliner ?

Mamiléa sait que ce jargon réducteur me brûle de l'intérieur. Elle m'appelle « Mon zèbron », comme elle disait à mon père quand il était gosse. Ça m'a toujours plu, zèbron. Je suis un strié de l'âme...

— Martin ? Martin, tu m'écoutes ?
— Hein ? Oui, papa !
— Ça peut te paraître étrange, mais c'est un beau cadeau, tu sais. Il va t'emporter dans une autre dimension. Une dimension que tu ne connais pas.
— Une autre dimension ?
Merci, papa, les ovnis je connais déjà !

Mon père et son impénétrable sourire quittent enfin ma chambre. Qu'est-ce qu'il veut que je fasse avec ce livre ?
Je laisse glisser mes lunettes sur mon nez, il faut que j'appelle Louna, que je lui raconte. Mais je me souviens qu'on est un peu fâchés, elle et moi. Une histoire de fille pour laquelle j'aurais eu un regard insistant. C'est notre seul sujet de dispute : les filles. Et je lui en veux de mettre mon amour en doute.
Je pourrais en parler à Scotty aussi, de ce cadeau grotesque, mais il se moquerait de moi, m'ordonnerait d'oublier séance tenante ce vieux truc barbifique pour m'évader avec lui quelques heures dans le cyberespace.
Je n'ai pas envie de jouer.

Pourquoi Mamiléa a-t-elle choisi ce cadeau ?
C'est une grand-mère moderne qui n'ignore pas que plus personne – normo-pensants et ovnis confondus – ne lit de livres depuis des décennies. Les lunettes nous informent et nous distraient suffisamment. Pour lire un livre, il faut du temps. C'est désuet et encombrant, inutile. Ça fait réfléchir, un livre.

Encore réfléchir ! Je suis furieux. Je lui en veux.

Je reste longtemps immobile. Les mots de mon père me reviennent en boucle : « Ce cadeau va t'emporter dans une autre dimension. Une dimension que tu ne connais pas. »

Une autre dimension ?

Je n'y comprends rien.

Ça me donne le vertige.

Noël en famille glisse gentiment, traditionnellement, sans faire de vagues. Tout me semble ennuyeusement ordinaire.

Comme chaque année, le grand mur blanc du salon, dévolu à l'accoutumée à nos échappées virtuelles, est assiégé par un sapin lumineux fantasmé en 3D. La lumière est tamisée à souhait et la musique douce, terriblement monotone. Mes cousines ont grandi ; malheureusement, elles ne me rattraperont jamais. Elles ont gardé ces rires aigus et gênés qui m'énervent un peu. Leurs jeux restent puérils. Bien sûr, ce n'est pas leur faute si elles n'ont pas quinze ans.

Il n'y a que les palabres de mon oncle Mattéo pour me détourner de la narcolepsie. Il nous raconte, en prenant soin de pasticher le personnage, la fois où une dame anglaise en visite touristique à Bruxelles lui avait demandé où ils se trouvaient exactement. Comme ils empruntaient le tapis roulant qui les menait vers un quai d'aérotrain, il avait simplement répondu : « Sur un tapis roulant, madame. » Elle avait très mal pris la chose. Je ris de bon cœur.

Nous déballons ensuite les cadeaux, ils sont généreux mais attendus – j'avais fait part de mes exigences.

Les heures passées à table sont bien trop longues. Je mange comme on passe le temps, ces plats de circonstance qui vous étouffent de crème et de sauce. Je souris beaucoup aussi et réponds aimablement, comme on me l'a appris, aux questions – les mêmes chaque année – sur mes études et mes passions. Puis, presque d'un coup, avec le champagne et l'esprit de famille retrouvé, tout devient plus sonore : les cris de mes cousines, la mastication de l'oncle Sam, le rire tranchant de tante Judith, le crissement des couverts et le claquement des assiettes qu'on empile, la voix grave et lisse de mon père. Grimpe en moi une forme de trop-plein sensoriel proche du dégoût. Je regarde maman en me grattant le bout du nez avec l'index, elle me répond par le même geste. Le code est simple et efficace, j'ai la permission de déserter. Alors, je laisse les adultes à leur vin et à leurs discours fastidieux. Je regagne mon antre et je joue en ligne avec Scotty toute la soirée. C'est bien le seul avantage des fêtes de fin d'année : ce qui est habituellement inacceptable devient miraculeusement permis.

Puis le noir s'installe et le monde disparaît d'un coup. Maman monte m'embrasser en me rappelant qu'il est l'heure du couvre-feu.

Une demi-heure plus tard, assuré que mes parents dorment, je m'empare du livre. Je l'ouvre. Et sous la lumière tremblante de ma lampe torche, je me mets à lire les premiers mots.

Zebraska

Salut Marty !
Tu as donc fini par l'ouvrir, ce cadeau !
L'as-tu bien regardé ? L'as-tu caressé ? L'as-tu senti ? Sais-tu que les livres ont une odeur ? Une âme aussi... Et bien plus encore : un pouvoir !
Tu as mis... laisse-moi imaginer... combien ? Deux, cinq, dix jours, une semaine, ou même quelques heures ? Et te voilà ! Tu vois, même si le geste est démodé, ce n'est pas si éprouvant de tourner une page !

Je te souhaite la bienvenue à Zebraska, le monde qui refuse d'abandonner l'imaginaire au profit de la réalité. Il est peuplé de zèbres impertinents qui s'interdisent de ne plus croire en rien. Ils se posent des questions souvent absurdes dont les réponses ne le sont pas moins. Tiens, par exemple : pourquoi les zèbres sont-ils striés ? Certains scientifiques prétendent qu'il s'agit d'une affaire de mouches. Les insectes aiment le monochrome. Pour éviter de se faire piquer, le zèbre se serait inventé une bichromie en zigzag. Je suis certaine que tu considères cette question comme insensée. En revanche, la réponse te titille, n'est-ce pas ? Non que tu la contestes – même si l'histoire du pyjama à rayures est plus sympa –, mais parce qu'elle induit une autre question : pourquoi les éléphants, attaqués par les mêmes mouches, ne sont-ils pas rayés, eux aussi ? L'évolution, Marty : les uns et les autres ne s'adaptent pas à la vie suivant une unique procédure. Ils font preuve d'imagination !

Et c'est toujours ainsi, les questionnements des autres n'ont que peu d'intérêt pour nous, ou du moins pas plus que la loi de la gravitation d'Isaac Newton quand on se console d'un chagrin d'amour. Leur seul avantage est qu'ils possèdent l'immense privilège de créer des histoires surprenantes. Des histoires éloignées de celles qu'on connaît déjà. Des histoires qui ouvrent notre regard. Il suffit de s'asseoir, d'écouter et de voir, de sentir et de goûter... et soudain... tout est beau !

Ah, les questionnements des autres ! En fait, si tu grattes un peu, ils ne sont jamais très éloignés des tiens. La preuve ? Imagine-moi à la moitié de mon âge actuel ! D'accord, l'exercice est un peu difficile... Calcule, alors ! Ça fait quarante ans, bravo Marty ! Eh bien, ma question à moi quand j'avais quarante ans, c'était : comment être une bonne mère ? Préoccupation prodigieusement secondaire pour toi, non ? Pourtant, c'est là, exactement là, que mon histoire va t'intéresser. Une histoire truffée de trésors inestimables pour qui – denrée rare – a encore les sens bien aiguisés. Toi, en l'occurrence ! Conclusion : cette question va éveiller en toi des pensées insoupçonnées, des chamboulements délicieux, et même... Tu verras bien !

Une bonne mère, donc ! Pfff, les mères ! Il y a plus de quarante ans, quand j'arborais fièrement ce statut, d'abord avec Thomas (ton père), puis Mattéo (ton oncle), je crois que les femmes étaient encore pires que maintenant. Carrément dingues ! Elles se pressaient du matin au soir, telles de prodigieuses marathoniennes, entre les obligations quotidiennes qu'elles se fixaient avec rudesse. Travail, lavage, repassage, bavardages, apparences, organisation, préoccupations, quête de la performance faite femme. La mère n'échappait pas à la course, elle y ajoutait un handicap majeur : la névrose, cette peur de ne pas tout donner, de ne pas être à la hauteur. Dans le monde hyperactif et égocentré qui nous dévorait dans ces années-là, certaines, plus folles encore, s'étaient mis en tête de tout contrôler, de programmer leur vie comme une mission : celle de faire de leur progéniture des êtres parfaits – beaux, intelligents, multilingues, grands sportifs, performants, j'en passe. Elles s'en rongeaient les sangs, ce qui les faisait marcher plus vite encore. Si elles s'étaient tenues immobiles, leur hantise du fiasco aurait été insoutenable. Elles étaient, pour la plupart, habitées par cette obstination ridicule à croire que le bonheur se programme. Ce qu'elles désiraient plus que tout, c'était sculpter leurs rejetons à l'image d'un idéal bienheureux. L'idéal, un concept affreux qu'on aurait mieux fait de ne pas inventer. Un mot qui suppose que la vie est une perfection qui se travaille. Il n'y a que les fous et les morts qui sont parfaits ! Pourtant, les mères géraient les vies des êtres aimés comme un échéancier, oubliant l'essentiel. Jamais elles n'étaient satisfaites, transmettant sans le vouloir cette frustration à leurs enfants pour qu'ils se posent ensemble cette effroyable question : quand est-ce qu'on vit ?

J'ai très bien connu une mère particulièrement atteinte de cette névrose. La peur d'échouer dans son idéal de mère l'avait transformée en une petite bonne femme acharnée du contrôle qui avait vite fait de prendre la tête de la course. Plus elle s'inquiétait, plus elle galopait comme une sauvage sans comprendre, toute suante qu'elle était, qu'elle perdait un peu plus, à chaque pas, de son incontrôlable joie de vivre. Hallucinant, n'est-ce pas ?
Cette mère, c'était moi !

Zebraska est l'histoire de sa résurrection.
Elle parle d'amour, évidemment !
Mais aussi de la mise à mort d'une époque où le monde était devenu morne et plat.
Sus à l'idéal ! Au normal, au banal ! On inverse les rôles !
À Zebraska, c'est l'émoi qui règne parce que l'imaginaire y triomphe du réel.
Le héros a changé de look.
Si, dans l'histoire, la folle c'est moi, le héros c'est ton père !

Mon père, le héros d'un roman de papier ? N'importe quoi ! Qu'il incarne le personnage sans bavure d'une biographie bien sérieuse qui raconte le parcours parfait d'un architecte accompli, soit ! Mais l'aventurier d'un roman ! Et il s'agit bien d'un roman puisque Mamiléa y déclare la guerre au réel.

J'ai cessé de lire. Je ferme les yeux.

Tout autour n'est que désert et silence.

Je suis contrarié.

Aucune image n'a jailli du papier pendant ma lecture, pourtant j'ai visualisé Mamiléa sans peine. Je l'ai vue me parler. Une forme de chaleur est sortie des pages, et des couleurs aussi, qui me troublent encore.

Je pose le livre ouvert sur mon visage. Je le respire. Goulûment, comme le ferait une bête sauvage. Il sent le carton ! Juste le carton. En même temps, il y a autre chose, comme un appel, une promesse.

J'ouvre les yeux pour contempler la liasse de feuilles reliées posée sur mes genoux et je tourne d'autres pages encore, au hasard, lentement, religieusement, en veillant à ce que chaque doigt effleure le papier. C'est doux et enivrant. Une partie de moi se moque de ce jeu sensuel un peu idiot, une autre se laisse emporter par le geste.

Tout ça n'a aucun sens.

Je referme le livre un peu violemment.

Je suis de plus en plus énervé. Il faut toujours que ce genre de surprise tombe sur moi et contrarie mon petit désert d'habitudes. Tu parles d'un cadeau ! Un cadeau se consomme avec urgence. Avec un papier d'emballage qui s'arrache frénétiquement. Quel gâchis !

De toute façon, mes yeux brûlent de fatigue. J'éteins ma lampe torche, je serre mon doudou contre moi et je tire mon duvet jusqu'au nez. Je pense.

Je pense à Mamiléa. À la jeune femme qui deviendrait un jour ma grand-mère. De sa vie d'alors, je ne sais presque rien. Quelques photos, une ou deux histoires drôles. Comment une vieille dame hyper branchée, cool et rigolote a-t-elle pu être une mère névrosée ? Je cherche dans son visage joyeux le vestige caché d'une ancienne contrariété. Il y a bien des plis obstinés entre ses sourcils, mais l'éclat rieur de ses yeux les gomme presque entièrement. Et les rides, si creusées autour de sa bouche, peut-être est-ce là l'indice le plus flagrant d'une vieille crispation ?

Puis, si elle a été névrosée, peut-être que ma propre mère l'est aussi ?

Je me souviens d'un matin. On avait terminé de déjeuner et mon père avait déjà rejoint son bureau. On n'avait pas beaucoup parlé. Maman rangeait et je m'agitais en faisant semblant de l'aider. Elle avait dans les yeux une tristesse inhabituelle. Ma mère, c'est plutôt quelqu'un qui flamboie, qui vous enfonce sa joie dans le corps et dans la tête malgré vous. Sa tasse de café lui avait glissé des mains, elle m'avait regardé et elle avait sangloté comme si un fléau atroce venait de se produire. Je m'étais senti idiot. Je l'avais serrée mollement dans mes bras, mais j'avais trouvé un peu exagéré de pleurer pour une tasse cassée.

Ma mère m'apparaît soudain comme un mystère. Tout le monde est-il pareil ou suis-je particulièrement myope en la matière ? Égoïste peut-être ?
Et mon père, alors, le petit zèbron de Mamiléa, tout comme moi, toujours à dire des choses si malignes…
Qui est-il vraiment ?
Mon corps est lourd entre mes draps. Ma curiosité bataille ferme contre la fatigue. Je ne sais même pas qui sont mes parents ! Je n'ai pas grandi avec la préoccupation des autres, je ne me suis jamais inquiété que de moi-même. Il est peut-être temps que j'apprenne à regarder le détail des visages. À imaginer les choses dans leurs contours.

Tout seul dans ma chambre, je crie : « Je ne sais pas. Désolé ! »

Quand ça se brouille dans ma tête, je n'ai que ce mot-là à la bouche : « Désolé. » C'est court, facile à prononcer. S'il fallait dire « phacochère », par exemple, je me mettrais sans doute à pleurer. Et ça me fait penser à la blague du phacochère qui rencontre un cochon et lui demande si ce n'est pas trop douloureux, une épilation ! Je souris, tout seul dans mon lit. J'ai envie de me retourner pour que le coma m'engloutisse enfin, mais j'ai peur que ma belle humeur s'en retourne, elle aussi. Je reste donc immobile, les yeux fermés, guettant le sommeil des braves, mais je ne suis pas brave et mon cerveau se décapsule en sursaut, comme une bouteille de soda trop secouée. Alors, je vire tout de même de bord dans mon lit. Un coq s'est mis à chanter et moi, à vouloir l'étrangler ! À nouveau, je gamberge. *Zebraska* me hante. Mamiléa ne coïncide décidément pas avec une petite bonne femme acharnée.

Ce que je sais d'elle n'est qu'une appréciation grossière à laquelle j'ai oublié d'intégrer une tonne de variables. La vie est-elle une immense équation insoluble ? Ça fait trop de questions. Toute cette effervescence pour une histoire de mère névrosée dont je me fiche éperdument, Mamiléa a raison.

Je réfléchis à elle encore plus fort. J'imagine ses vies possibles. Elle s'appelait Léa... Ça me rend heureux et malheureux à la fois. Comme quand je réfléchis à moi.

Et je me dis que je n'aurais pas dû me retourner.

Il est trop tard.

Sans le savoir, je suis déjà en train de convoquer mon destin.

Zebraska

L'aventure de ton père commence un samedi d'automne. Ton grand-père n'est pas encore engagé dans son histoire africaine et Mattéo vient de naître.
Je suis affalée dans un canapé, quelque peu énervée, primo par le dysfonctionnement de mon téléphone portable et secundo par une conversation téléphonique austère et dépourvue d'humour, censée résoudre le problème en question. À force de tapoter nerveusement sous le retentissement des bips, j'ai attrapé le teint vert, l'œil trouble et la lippe bouffie. Je ferais bien surgir ma colère contre ces solides à faces rectangulaires qui envahissent peu à peu nos vies, mais j'ai toujours, cachée quelque part, une bonne excuse, une raison de la faire taire. Mattéo pend, endormi, mais la mâchoire ferme, à mon sein droit. Ce n'est pas le bon moment pour se révolter.
Ils passent Gainsbourg à la radio. L'écouter m'apaise un peu.
Thomas, trois ans, laissé endormi sur mon lit, manifeste avec force son exigence : moi. Je décroche consciencieusement Mattéo de son point d'attache, tire mon t-shirt et entreprends ma migration vers le baryton. Thomas a déserté le lit, il se tient droit,

face à la porte, les pieds comme soudés au sol. À ma vue, son bel canto cesse instantanément. Ses yeux sont secs. Il les plante profondément dans les miens et, sans détourner le regard, fait glisser son pantalon puis son caleçon jusqu'aux chevilles. La posture est suggestive. J'imagine sans peine l'urine ruisseler par l'uretère jusqu'à la vessie, se frayer ensuite un passage par l'urètre pour se répandre, grâce au méat urinaire, sur le plancher en chêne huilé de ma chambre. Thomas ne s'entend pas « faire pipi », pas plus que moi d'ailleurs. Il passe un message, je tente de lui donner un caractère scientifique et pratique. Alors que le liquide s'écoule lentement jusqu'à mes pieds, une seule question me vient à l'esprit : comment nettoyer des taches d'urine sur un plancher ? Bien sûr que je sais ! Pour Thomas, je veux dire. Ce regard exprime une colère contenue qui n'a rien à voir avec une petite incontinence accidentelle. Thomas me parle, il me dit qui il est : un petit animal atypique, indomptable et unique, fidèle comme un chien, sensuel et susceptible comme un chat, nerveux comme un hamster, ruminant comme une vache, puis endurant et caractériel comme un chameau.

Je ne veux pas entendre.

Pourtant, c'est là que tout a chaviré. À cet instant précis où ton père a baissé son pantalon. C'est là que j'ai su.

Je le prends dans mes bras, je lui dis que je l'aime, je mets du bicarbonate de soude sur le plancher. Ça ne marche pas très bien. Ni pour Thomas ni pour le plancher.

J'ai divinement bien emballé ce que je sais pourtant : Thomas est différent.

Quoi, Marty ? Tu t'attendais à une histoire confortable ? Une histoire fluide, qui coule Raoul, toute transparente et sans bulles ? Pour passer au plus vite à autre chose. Balivernes, mon zèbron ! Il faut que ton cœur batte fort pour passer glorieusement la frontière du désert du réel. Lire est une conquête, un acte d'insolence qui ne tolère aucune simplification ni évidence. Mets tes sens aux aguets, oublie tes lunettes 3D, ça va se compliquer !

Tu te racontes des histoires.
Je me raconte des histoires.
Tout le monde se raconte des histoires.

J'ai toujours su, par exemple, que derrière la légèreté de mon sourire trop plein de dents se cachait un pachyderme à la peau très épaisse, une sorte de personnalité fossile. Même s'il est reconnu qu'il s'agit là d'un animal subtil, niveau élégance et modernité, ça fait tache ! Heureusement, je possède un art particulier pour l'enrobage. Je fais semblant. Semblant d'être là, d'être bien avec les autres. Fine et légère. Et ça fonctionne. Personne ne soupçonne le mastodonte égaré qui sévit à l'intérieur. Même plus moi.

À quarante ans passés, j'étais heureuse. Et cette sorte de bonheur me rendait forte. Il me faisait oublier les choses banales, le quotidien ennuyeux, les soirées obligées, le souci d'être mère, l'absence de ton grand-père Victor. C'est moi qui l'avais convaincu d'organiser des croisières en voilier au départ de l'Afrique, puisque c'était son rêve, moi encore qui avais veillé à ce que notre couple ne s'embourbe pas dans les méandres de l'habitude. J'avais aussi suivi ma voie : le dessin. Tout ça parce que j'avais trouvé un moment que ma vie était monotone. Il faut tant d'imagination pour ne pas sombrer dans la routine ! Je voulais vivre. Mais à part ça, je n'avais jamais jugé nécessaire de me plonger vraiment dans le désordre sismique de mon âme. Tout allait bien. Il ne fallait surtout pas réveiller le pachyderme !

Tu vois bien, tout le monde se raconte des histoires…

J'ai mis un certain temps pour cesser de m'en raconter. Le temps d'une petite aventure. Dix ans à peu près !

Dix ans ? Je t'entends déjà hurler ! Ça s'annonce mal, me diras-tu ! Et, bien sûr, il n'y a rien de plus énervant qu'un début de mauvais augure. Pourtant, ce départ manqué va s'achever par un triomphe. Tu le sais, je le sais. C'est évident. Ce serait sournois de ne pas l'annoncer d'entrée de jeu : le héros va d'abord s'en prendre plein la figure pour s'en sortir indemne, peut-être même augmenté d'un petit supplément d'âme. C'est exactement ça, le pouvoir de l'imaginaire : la capacité de revisiter l'histoire pour qu'elle nous emporte, l'air de rien, vers une fin glorieuse.

Je ne suis plus occupée à me raconter des histoires, là – stratagème émanant de l'inconscient –, mais à t'en raconter une. Et il n'y a rien de plus clairvoyant que de raconter une histoire !

Ces pages me rendent fou.

D'abord parce que j'ai la désagréable sensation de m'adonner malgré moi à un pénible déchiffrage. Ensuite, connaître les frasques scatologiques de mon père m'indiffère, imaginer que Mamiléa puisse en douter m'effare et être incapable, malgré tout, de résister à l'appel d'une couverture rouge m'affole carrément.

Et puis, je dois bien l'avouer, j'ai du mal à me concentrer longtemps sur des lignes sans images. C'est harassant. Vraiment, je conspue ce cadeau pervers. Et plus encore mon inaptitude à l'oublier. Parce que chaque moment inoccupé de ma journée se souvient de lui.

Il y a quelques jours, j'ai failli oser tout dire à Scott. À cause de mon professeur de français. Il nous avait affirmé que très peu de mots comprenaient un U suivi d'un double N. Il nous avait donné *tunnel* en exemple et nous avait invités à en trouver un autre. On avait dû lui rabâcher que les HP aimaient les défis. En bons surdoués respectueux de notre réputation, nous nous étions amusés à chercher le fameux intrus : *acupuncteur, aluner, brunir, unifier, opportunité*... Pas moyen. C'était dur à admettre, mais il avait bien raison, M. Leduc. Alors que mon professeur savourait son triomphe, la solution m'était venue d'un coup et j'avais crié avec fierté : « *Cunnilingus*, monsieur ! » Ma spontanéité m'avait valu un joli moment de gloire auprès de mes compagnons de classe, mais deux heures de méditation dirigée, aussi, à la place de la pause déjeuner. Je savais que l'anecdote plairait à Scotty, qu'il me traiterait de génie et que ça me ferait plaisir. Et c'est là, après avoir bien ri avec lui, que j'avais pensé lui dire pour *Zebraska*. Il était joyeux, j'étais d'humeur rebelle. Il aurait mis de l'huile sur le feu de mes doutes et j'aurais définitivement condamné cette lecture absurde. Mais quelque chose m'en empêchait.

Il faut dire que j'ai l'esprit bien occupé. Louna boude toujours et s'est mis en tête, pour me faire enrager, de comploter avec Goran, un hyperactif de seconde zone et grand macho de surcroît, qui la déshabille du regard. Elle s'arrange pour lui sauter au cou de manière ostentatoire, me rendant, pense-t-elle, la monnaie de ma pièce, moi qui, pense-t-elle toujours, n'ai pas mes yeux en poche. C'est vrai que j'aime les jolies filles. Je les trouve plus agréables à regarder que les autres, c'est tout ! Mais je suis trop fier pour céder à ses caprices. Je trouve son petit jeu puéril. Je fais comme si de rien n'était.

Quand même, cet après-midi, je suis rentré à la maison et j'en ai vomi. Heureusement, ma mère sait y faire – elle est infirmière –, elle m'a soigné et j'en ai un peu profité : câlins, infusion à la fraise, massage des pieds, report du dentiste. Même mon père est venu me voir. Avec sa voix suave, il m'a demandé : « Ça va mon fils ? », et j'ai eu droit à une caresse furtive sur la joue.

Il y a des jours où les revers ont des médailles.

J'ai rencontré Louna en primaire. Elle était entrée dans la classe de Mme Jean en retard, avec ses yeux de biche apeurée, tout le monde était déjà assis. Elle portait un pull jaune avec des papillons et je l'avais trouvée belle. Il y avait une place libre à côté de moi, alors elle s'était assise là. Elle m'avait souri et son air affolé d'animal perdu avait disparu. Je lui avais souri moi aussi, j'avais l'impression de l'avoir toujours connue. Comme si elle avait été là, quelque part dans ma vie, mais que je m'en rendais compte pour la première fois. Et je m'étais dit que ça devait être ça, l'Amour, connaître déjà quelqu'un qu'on n'avait jamais vu avant. Mais voilà qu'aujourd'hui, l'Amour flirte avec Goran pour me punir de rien.

C'est pour cette raison que j'ai lu quelques pages de *Zebraska*, pour me consoler. Je suis mortifié !

Je cherche comment me débarrasser du livre. Il trouve sa place sous mon lit suspendu, visible quand j'entre dans ma chambre, mais tout à fait imperceptible lorsque je m'affale par-dessus mes draps, ma position favorite.

Pour l'exorciser totalement, je pense en faire mon sujet de dissertation dont le thème imposé – il n'y a pas de hasard – est : « Peut-on être libre et se sentir obligé ? » Cependant, dans la vraie vie, jamais personne ne parle de livres et j'ai l'impression qu'il est presque malvenu de les évoquer. Comme s'il existait autour de l'objet une forme de tabou. Alors, puisque, depuis l'histoire du cunnilingus, je ne suis plus dans les grâces de M. Leduc, il est sans doute plus sage d'éviter la polémique.

Je mène donc ma résistance en solo en créant la très honorable LAL, la Ligue Anti-Livres, dont l'objet est de rejeter toute forme de littérature écrite et dont je suis l'unique membre à vie, puisqu'il est impossible de recruter des adeptes disposés à lutter contre un fléau qui, pour eux, n'existe pas.

Deux jours entiers passent.

Goran a tenté d'embrasser Louna, ce qui ne lui a pas plu du tout et elle est finalement venue retrouver la protection de mes longs bras.

La vie reprend la sève de son ordinaire : poisson cru au petit-déjeuner, trois couverts, toujours la même place à table, mon père qui intègre son bureau, maman qui rejoint l'hôpital, moi le lycée où les cours s'enfilent, délicieusement soporifiques. À 16 heures précises, j'attends Louna et Scotty en haut du grand escalier, on traîne au parc, parfois avec quelques autres, puis chacun rentre chez soi, sauf le mardi et le jeudi, où je vais tirer à l'arc. Le vendredi et le samedi, on sort. Dimanche est jour d'étude. Tout est rentré dans l'ordre. Jusqu'à ce que mes lunettes holographiques m'avertissent d'un message en provenance de l'étranger. Je me connecte avec précipitation pour découvrir l'avatar 3D de Mamiléa qui me répète en boucle :

« Mon Marty, je suis sans nouvelles de toi. As-tu commencé à lire *Zebraska* ?
Je t'aime. »

Elle vient de disloquer la LAL sans sommation !
Alors ce soir, un peu comme un voleur, sous le halo fébrile de ma lampe torche, je replonge dans le monde de *Zebraska*.

Zebraska

J'arrive toujours un peu en avance. J'aime guetter les enfants s'échapper de l'école comme des électrons libres, j'aime écouter de loin les conversations de leurs mères, leurs impatiences, leurs projets pour l'après-midi, qui goûtera chez qui. Les enfants chéris quittent les classes par petits groupes. Ils ont abandonné lâchement leurs bricolages dès la sonnerie et galopent vers la liberté, le manteau à moitié enfilé. Il y a toujours cette sorte d'épanchement dégoulinant de joie et d'insouciance mêlées. Les mères s'enquièrent des devoirs à faire, mais les petites bouilles suintent de légèreté. Ils ont dans les jambes l'envie de sauter, de se courir après. Moi, j'ai la boule au ventre.

La journée de Thomas s'est-elle bien passée ? Telle est ma question. Ma hantise.

Thomas arrive toujours le dernier. Seul. Le petit cartable encore ouvert et la veste sous le bras. Lorsqu'il marche tête baissée, je sais sa souffrance. La journée s'est mal passée. On a dû lui déchirer son dessin, mettre la main sur la chaise qu'il avait choisie à la cantine en criant : « C'est pris », le sélectionner en dernier lieu pour le match de foot de l'après-midi, se moquer de ses si belles étrangetés. La soirée sera triste. Il me dira : « Personne ne m'aime, je ferais mieux de ne pas exister », ou une autre horreur du genre qui vous glace les sangs de maman. Aujourd'hui, il a cinq ans. Il s'est immobilisé devant la grille verte, m'a cherchée avec méthode parmi la foule remuante des jupes et des jeans, a croisé mon regard et s'est mis à sourire. Il est très beau : les traits fins, les cheveux épais, l'œil perçant. Je suis soulagée. Je le serre dans mes bras. Il y reste longtemps calfeutré. C'est un moment magique. C'est idiot, je pleure. Je pleure souvent « à côté de la plaque ». Pour quelque chose qui n'a rien à voir avec ce que je vis à cet instant-là. Il y a en moi une sorte de fragilité qui me joue des tours. Une fragilité que je n'avais jamais connue avant d'être mère. C'est ainsi : dès qu'une émotion forte ou, à l'inverse, une petite contrariété met son grain de sel dans le cours de ma vie, la double écluse se met en branle, inaltérable.

Alors qu'il serre tendrement ses petits bras autour de mes cuisses, je savoure la douceur de son souffle sur mon ventre. Une bonne journée, je me dis.

Mes mensonges à moi-même refont surface. La douceur, il ne me l'offre pas, il en a bel et bien été dépouillé pendant ces sept heures d'école. Au contraire, il me la prend, il fait le plein.

Je lis et je me dis : *C'est incroyable, mon père a été gosse !* Il a donc des souvenirs, des émotions. Tout cela n'a pas dû être complètement gommé ! Il doit avoir au fond de lui des images du temps passé, des couleurs et des rires. Des souffrances aussi. Et ça me remue, ce petit garçon d'alors qui ressemble si peu à l'homme d'aujourd'hui.

Je me surprends à vouloir qu'il entre dans ma chambre, qu'il me prenne sur le fait, occupé à lire. Qu'il ait quinze ans comme moi et que quelque chose se passe entre nous. Autre chose que des questions sur mes notes, par exemple... Il m'a toujours l'air si sérieux. Si parfait. Je suis persuadé que la seule chose dont il serait capable en me découvrant en pleine lecture, ce serait de me poser des questions bien réfléchies et donc m'empêcher de lire.

Ce livre semble vouloir trahir ses vœux les plus secrets, ses peurs si bien cachées, ses joies et ses faiblesses. Est-ce cela que je cherche entre les lignes ? Une sorte de solidarité des générations ?

Ce qui est certain, c'est que j'ai envie d'aller plus loin, maintenant. Alors, je m'y remets, lisant à plusieurs reprises les passages qui convoquent le plus mon imaginaire. Je bute sur les mots, peste sur ma médiocrité de lecteur « sans images », affronte en gesticulant ce que je prends pour un échec. Je suis lent. Mais je lis. Par petites touches. Puis je relis. Pour ne rien rater.

Zebraska

Thomas a cinq ans aujourd'hui, le jour de la Saint-Nicolas. C'est triste, pensent les gens, une seule fête pour deux événements !

Mais Thomas ne croit plus à saint Nicolas. Je me demande d'ailleurs s'il y a cru un jour. Les copains ne lui font pas de cadeaux, alors un gros type qu'il ne connaît même pas et qui passerait par la cheminée sale et étroite pour le gâter, c'est suspect !

Plus besoin de lui raconter des salades.

Plus besoin de planquer les spéculoos et les mandarines, de préparer le verre de lait pour le gros barbu et la carotte pour son âne idiot.

Ni d'acheter son cadeau en cachette.

Pas d'excitation nocturne.

Pas d'émerveillement matinal.

Mais l'obligation pour lui de taire ce qu'il a deviné avant les autres : ce vieux bonhomme gras n'existe pas !

Vraiment, il faut décupler son imagination pour épater Thomas, pour voir l'étonnement se dessiner dans le sombre de ses yeux.

Cette année-là, nous lui achetons une quinzaine de boîtes de cubes en bois. Quand il rentre de l'école, il découvre son cadeau : une tour de trois mètres qui s'érige au milieu du jardin tel un défi au ciel, faite entièrement de cubes multicolores. Nous avons pesté des heures, Victor et moi, pour arriver à un échafaudage stable et bien rectiligne. Thomas s'avance lentement vers l'œuvre d'art et lui fiche un violent coup de pied. Je ne vois pas son visage. Que se passe-t-il dans sa petite tête de troll ? La frustration enfin exprimée d'être nul en foot, la déception, la tristesse ? Il s'assied, rassemble quelques blocs et s'attelle à une nouvelle construction. Il rit aux anges. Ce qui a pour effet immédiat de libérer ma double écluse. Je suis tellement heureuse ! Je chanterais bien un hymne glorieux en notre honneur, ce genre de mélodie douteuse qu'il faut crier fièrement la main sur le cœur.

Thomas veut être comme les autres, il les aime profondément, mais il n'aime pas leurs jeux ni leurs idées.
Il parle comme un avocat du barreau, balance son corps d'avant en arrière en criant lorsque quelque chose le contrarie, s'endort difficilement, s'isole dans des pensées inaccessibles, s'enfonce les doigts dans les oreilles lorsque mes sermons de mère lui rappellent qu'il n'est qu'un enfant. Il aime tracer des lignes droites, longues, très longues, il aime la paix, le sanctuaire tranquille de sa petite chambre. Il n'aime pas attendre. Il ne supporte ni la répétition ni l'immobilité. Se demande ce qu'est la foi. Il déteste la foule et le bruit, les vêtements qui grattent, l'odeur des autres, leur bouche ouverte quand ils mangent, il collectionne les cailloux jusqu'à l'obsession, se

mord les doigts jusqu'au sang. Il est ici, là et ailleurs en même temps.

Les amis me rassurent, ce n'est qu'un enfant après tout, les leurs sont un peu pareils. Ils doivent avoir raison ou mentir affreusement fort. S'en foutre éperdument ou prendre la curiosité de Thomas pour de l'arrogance et son franc-parler pour de l'impertinence, ses conversations savantes pour de la vantardise et ses crises de colère pour des caprices d'enfant mal élevé. J'élève donc mal mon garçon. Sa souffrance, cet air qu'il a de ne jamais être à sa place, je ne l'ai pas volé ! C'est sans doute le juste prix à payer ! D'autres considèrent que je fais tout un fromage pour rien : « Laisse-le, me disent-ils, ne fais pas attention, ça passera. » Mon cœur me crie le contraire.

En fait, quand on a un enfant différent et qu'on le sait, même si on ne se l'avoue pas, le pire à supporter, c'est sans doute la connerie des autres, leur bienveillance maladroite, leur écoute biaisée, leurs conseils avariés. Je sais. Et personne d'autre au monde ne ressent ça comme moi.

Alors je me tais.

Moi aussi je me tais. Je découvre l'enfance galère de mon père et je n'ai envie ni de bienveillance maladroite ni de conseils avariés. Mais ce silence a un coût. Il m'emmure davantage dans mes pensées. M'éloigne de mes amis. Puis il brise mon train-train ronronnant. Le petit Thomas m'accompagne partout.

Ce matin, je m'arrache avec peine d'une trop courte nuit, je n'ai pas le goût de déjeuner, j'embrasse à peine ma mère qui me lâche quelques recommandations d'usage que je prends soin de ne pas enregistrer. Dehors, l'hiver bat son plein et je marche longtemps, le nez sur les pieds, arc-bouté contre les bourrasques, l'esprit au diapason de Thomas : ici, là et ailleurs en même temps. J'en rate mon aérotrain et mon contrôle de sciences que j'ai oublié de noter la veille.

Mon absence au monde a hérissé les sens de Louna, qui se fait particulièrement câline, mais je sais, cachée derrière cette grâce, sa peur de perdre mon amour.

À midi, elle m'attend à la sortie des cours. J'ai comme un sursaut en la voyant. Je me demande ce qu'elle peut bien faire là, elle suit la classe d'italien à l'heure du déjeuner. Je redoute le moment où elle me posera des questions. Lui cacher la cause de ma bizarrerie me fait l'effet d'une trahison, mais je n'ai pas le choix. Elle s'arrête à un mètre de moi sans le baiser sensuel de coutume et m'effleure les lèvres puis le cou du bout de ses doigts. Je ne bouge pas. Elle affiche un sourire inhabituel, un sourire pas gai. Elle soupire puis elle se lance :

— Je... je ne sais pas comment faire, tu comprends ? Je n'ai pas... enfin, avec maman, on n'en a jamais discuté.

Je ne vois pas du tout de quoi elle veut parler ni ce que sa mère vient faire là-dedans. J'ai peur qu'elle m'ait confié une histoire importante que mon attention temporairement lobotomisée aurait zappée. Comme je ne dis rien, elle reprend :

— Quand j'ai compris que tu étais plus... distant, j'aurais dû venir te voir, te dire que... je n'étais pas prête. Ou..., enfin, quelque chose comme ça. Mais bon, je ne l'ai pas fait et maintenant je me sens un peu ridicule. En fait, j'ai bien réfléchi et je crois que si tu veux vraiment...

De nous deux, c'est moi le plus ridicule.

Je suis à la fois soulagé de la tournure que prend la conversation, un peu comme si on venait d'ouvrir les volets et que l'air entrait à nouveau dans mes poumons, et terriblement gêné. C'est vrai que quand elle se serre contre moi il m'arrive de perdre un peu le contrôle, mais je n'ai jamais pensé aller plus loin. Dans la réalité en tout cas. D'un point de vue purement pragmatique, j'ai fixé ma limite inférieure à seize ans. Question de respect. De Louna et de la loi.

En réalité, je suis touché. Ému qu'elle veuille bien le faire avec moi. Surtout parce que c'est moi. Je lui réponds :

— Et toi, qu'est-ce que tu veux ?

— Je ne sais pas, peut-être que...

Elle s'arrête de parler et me regarde dans les yeux. Moi, je fixe le sol, les élèves qui avalent leur sandwich, le reflet du soleil sur la rambarde en fer. Puis les mots me viennent d'un coup :

— Peut-être qu'on pourrait attendre un peu. Le bon moment, je veux dire. On n'est pas pressé, si ?

Elle me sourit. D'un sourire gai cette fois. Alors, j'emballe son corps fragile dans mes interminables bras et nous marchons collés-serrés jusqu'à son cours de langue.

Durant toute la pause de midi, je ne pense qu'à Louna et à cette façon qu'elle a eue, sans le vouloir, de me laisser entrevoir le paradis. Puis, au cours de la journée, l'image de Thomas me revient.

L'après-midi, prétextant un mal de tête, j'abandonne mes deux compères sur le grand escalier. Je zappe le tir à l'arc, boude mes pâtes à l'italienne, ignore l'appel de Louna, les demandes de voyages cybernétiques en duo de Scotty. *Zebraska* me bouffe ma vraie vie. J'en suis arrivé à espérer que la journée passe au plus vite, car j'attends avec une sorte d'impatience douloureuse le moment de reprendre ma lecture. Toujours le soir, après le couvre-feu.

La nuit me semble indispensable. Sans elle, pas de vue sur les étoiles. Elle fait partie du scénario. Tout comme le caractère énigmatique de la démarche. Au moindre bruit, je referme le livre en hâte et le cache sous mon oreiller. C'est idiot, les seules personnes qui pourraient découvrir mon complot solitaire sont aussi les seules à connaître mes manigances. Mes parents savent tout. Ils ont cette sorte de sixième sens exaspérant, ce petit sourire de connivence qui vous dit : « Tu ne crois tout de même pas que je n'avais rien deviné ? » En plus, c'est mon père qui me l'a donné, ce cadeau. Pourtant, cela me plaît de braver un interdit inexistant. J'ai mon secret, même si je soupçonne mon père d'avoir lu ces pages avant moi. Mon père, ce héros ! Toujours lui ! Le pire dans tout ça, c'est que je passe toute ma journée, c'est-à-dire environ 43 200 secondes – c'est mortifèrement long – à attendre le soir pour lire Mamiléa qui parle de... lui. Toujours lui !

Un autre lui.

À la lecture, j'ai cette impression croissante que Maminéa me regarde intensément. Qu'elle m'attend au tournant. C'est un peu l'ironie de l'histoire : celle qui toujours m'a apporté la paix se met à me faire réfléchir. Maminéa me dévisage, d'une manière franche, mais non menaçante. À chaque page, elle me devine, comme si elle savait ce que j'allais penser de ce qu'elle vient d'écrire. C'est redoutablement irritant. Alors, j'ai cette idée. L'idée de jouer avec elle.

C'est un de ces soirs obscurs comme je les aime. Je fouille à tâtons les tiroirs du bureau de mon père, emprunte très discrètement un stylo et quelques feuilles de papier. J'allume ensuite ma lampe torche, retiens mon souffle, ouvre *Zebraska* là où je l'ai laissé. Je ne suis pas surpris. Cela me paraît naturel. Je m'assieds, réfléchis et me mets à écrire. C'est à cet instant sans doute que, pour moi, tout change, avec l'envie de visiter *Zebraska* de l'intérieur, de ne plus être passif dans cette histoire. Ou du moins, pas tout le temps.

Je commence à noter mes impressions, insérant mes pages décousues dans celles de Mamiléa, comme si elles se répondaient d'une époque à l'autre. Ça sonne pas mal, cet art imaginaire de la conversation, pas mal du tout. *Zebraska* n'est plus l'œuvre de Mamiléa, c'est la nôtre désormais et ce constat me rend heureux.

Mais la tâche n'est pas si simple. D'abord, mes pouces surdéveloppés et très peu habitués à l'écriture handicapent la manipulation du stylo. J'ai envie d'abandonner l'aventure un nombre incalculable de fois. En plus, si je veux être acteur de ma lecture, je suis forcé de tout comprendre et Mamiléa fait référence à de nombreux mystères : Gainsbourg, par exemple, c'est qui, ce type ? Il va me falloir faire des recherches. Et comme l'utilisation des lunettes est interdite après le couvre-feu et que, de toute façon, le passé y est peu évoqué, je dois recourir à la manipulation du dictionnaire, vieux grimoire lourdaud et malodorant, difficile à emprunter sans être repéré. Futée, Mamiléa ! Voilà qu'elle me force au contact avec mon père. Il faut dire qu'il y a toujours eu une zone inoccupée entre lui et moi. Rien à voir avec un vide d'amour ou d'estime. Au contraire. C'est plutôt une sorte de gêne. Il m'impressionne.

Alors je prends sur moi et je vais voir mon père. Il sourit quand je lui demande le dictionnaire. Son attitude parfaite m'agace instantanément :

— Tiens, je suis content de me débarrasser de cette antiquité.

— C'est ça, merci papa !

Je prends le dictionnaire et je m'en vais. J'ai à nouveau tout foiré.

C'est affreux, lent et anarchique de fouiner là-dedans. Je cherche *Gainsbourg* et je tombe sur *galvaniser*, alors j'en lis la définition, ce qui me renvoie à *exalter*, et ainsi de suite... Je ne peux m'arrêter de lire. Les mots s'étalent devant moi avec mille couleurs, des saveurs de pop-corn (surtout le mot *pied*), des odeurs de myrtille, des cris de chouettes. C'est infernal et excitant à la fois. J'aime ces mots, je les retiens tous dans l'ordre. Ils me semblent accueillants et sans danger. En tout cas, plus reposants que la vie.

Je prends une très longue inspiration et j'écris d'une traite :

Depuis que je lis sur papier, je tente de lire aussi les visages, les rides, les sourires, les crispations.

Je commence le matin suivant, avec l'être qui s'étonnera le moins de mon intérêt soudain pour son anatomie. J'ai l'impression de réaliser pour la première fois que ma mère est une autre personne que moi, avec des émotions différentes des miennes. Puis je mène l'expérience sur ceux qui ne se formaliseront pas de mon regard affûté, mes compagnons de la 1^{ère}B EIP. Je cherche à comprendre ce qui se cache derrière la fossette de Loïc, à deviner l'histoire perdue dans le regard brillant de Jack, à décrypter les messages codés des sourires de June, la nouvelle.

Elle est arrivée au lycée la semaine dernière. Elle est canadienne et je trouve son accent irrésistible. Je vois bien que je lui plais et ça ne me laisse pas indifférent. Il faut dire que je ne suis pas exactement le genre de garçon que les filles regardent en minaudant. Ma mère me répète que je suis beau, mais elle le dit pour me faire plaisir, je sais que ce n'est pas vrai. Je me suis toujours trouvé trop long et trop mince. Je ne sais pas quoi faire de mes jambes ni de mes bras. D'ailleurs, souvent, dans mon impatience, je les emmêle. Et quand la chose se produit, ça s'approche gravement du burlesque. Les filles qui cherchent bien pourraient trouver dans cette maladresse un charme inexplicable.

Mais, de manière générale, elles semblent plutôt avoir du mal à apprécier l'aspect irrésistible de mon allure de poulpe. Et elles ne tombent pas comme ça, dans mes bras immenses. Ceci dit, j'ai beau ne pas avoir l'habitude, je saisis bien quand un garçon plaît à une fille. Elle le dévisage avec prudence, puis, quand il la voit, elle détourne les yeux, l'air de rien. Et June me regarde de cette façon.

Le premier jour, elle s'est installée juste devant moi. Autant dire qu'après le cours j'avais été incapable de dire si M. Leduc avait parlé d'onomatopée, d'allitération ou d'hyperbole. L'hyperbole, je l'avais étudiée de dos pendant une heure. En plus, June ne me connaît pas. Je ne la trahis donc pas en gardant secrète ma nouvelle activité. Elle ne peut rien deviner et j'aime ça. C'est facile et agréable de la côtoyer.

En classe, les jours suivants, je m'assieds à côté d'elle, sachant pourtant que l'affaire arrivera exponentiellement aux oreilles de Louna.

Ce livre m'enferme, mais il ouvre aussi une brèche dans laquelle je me suis déjà bien enfoncé. Je ne peux plus faire marche arrière maintenant.

Et le soir, invariablement, je lis *Zebraska*.

Zebraska

Thomas ressemble à un intrus. Il ne le dit pas avec des mots, cela ne se voit pas comme on remarquerait un cul-de-jatte, il me le raconte en marchant de ce pas maladroit, mais pas trop, avec cet air absent de celui qui n'est pas vraiment de ce monde. Il doit avoir dans le dos de grandes ailes invisibles qui l'empêchent de marcher comme tout le monde, de penser comme un gosse de cinq ans.

Lui a envie de voler.

Une sorte de voile diaphane le sépare des autres. Tout ce qui se montre modéré chez un enfant « habituel » – un caprice, une peur, une colère – frôle l'excès chez Thomas.

Pour le meilleur et pour le pire.

Je le sais depuis toujours, mais je ne veux pas voir. C'est dans l'air du temps de se mentir, de faire comme si. Il faut faire partie du clan. Ou faire semblant. S'intégrer dans une sorte de groupe pour survivre.

Car nous n'avons pas d'ailes, justement. L'avenir alors semble sombre et on le défie. On se sent plus fort en meute, moins vulnérable. Nous nous gavons d'informations collectives, vivons dans le goût de la performance à court terme et de la compétition, dans l'illusion du contrôle, l'exclusion, l'ego et la peur.

Imagine ces années-là, vers 2015, et le bon plaisir qui commande pour qui peut se l'offrir. Consommer, vite, sans partage. Se consumer. Pour cela on trimait dur, jusqu'à la folie parfois. On savait l'énergie de plus en plus rare, la famine grandissante, mais on consommait. Les puissants nous gavaient de jeux télévisés, d'émissions stupides et de magazines niais qui anesthésiaient l'esprit. À la fin, tout le monde se ressemblait : désabusé par le futur, préoccupé par son petit bonheur immédiat. L'époque était folle et les images plus vivantes que les gens, le rythme trop rapide, on communiquait constamment, mais on ne se comprenait pas. Les gens étaient seuls au bout de leur téléphone et, derrière leurs écrans, ils devenaient des esclaves du temps. La pensée critique s'étouffait, la réflexion s'étiolait, l'imaginaire s'ébranlait. Le monde devenait morose, il saturait et ne croyait plus en rien. Alors il simulait et se foutait de demain. Il se racontait des histoires. S'accrochait à des idoles vulgaires. Il ne cherchait plus à comprendre l'autre, il se voulait meilleur que lui. Il n'était plus curieux, il était fatigué. Et se donnait l'illusion de maîtriser le présent.

À quoi bon demain puisque demain était condamné ?

Nous devenions des abrutis, et, comme tu le verras, je n'échappais pas à la règle. Alors imagine, être différent dans cet univers égoïste qui prônait la pensée unique, c'était un suicide en soi !

Une seule chose pouvait nous sortir de l'ennui de nos propres mensonges : une révolution !

Toi, Marty, tu es né après La Grande Bascule de 2027. Depuis, une autre vie s'est amorcée. Tu as toujours été libre dans la tête. Car la révolution ne fut pas qu'énergétique, elle fut aussi mentale et physique. La Grande Bascule est le résultat d'un burn-out généralisé. C'est le seul fait du passé qu'on t'enseigne encore à l'école, n'est-ce pas ? Mais, en vérité, tu ne connais rien de ce qui s'est réellement passé. À peine la vague description d'un gigantesque crash à la suite duquel les gouvernements du monde entier ont imposé des restrictions de consommation d'énergie drastiques. Tu ne sais rien de ce que l'on tait encore à ce sujet. Tu ne sais rien de ton père. De son destin. De la façon dont La Grande Bascule l'a transformé. Rien !

L'âge d'or du stéréotype est mort en 2027. La différence est alors devenue une sorte de privilège. Elle s'apprécie soudain, s'intègre d'elle-même ou se fait accepter de force. Mais à quel prix ?
Te rends-tu compte que ton monde est à l'inverse du mien ? Tolérant et consacré à l'avenir, il possède ces ailes qui nous ont tant manqué. Mais il est ignorant du passé. Il n'a plus d'histoires à raconter à ses enfants. Ton monde s'ennuie. Chaque époque a ses folies. Nous n'avions plus de destin, nous étions individualistes, mais nous possédions une richesse qui vous fait défaut : nous avions des racines, des légendes à transmettre. Notre cerveau global était cliniquement malade, mais il possédait encore de belles histoires.
Où sont les tiennes, Marty ?

Il est 22 h 32. Je ferme *Zebraska*, complètement désemparé. J'éprouve quelques difficultés à comprendre. Non seulement mon père était un enfant mal dans sa peau qui aurait aimé être comme les autres – sur ce dernier point, il était un peu comme moi, en version affligée toutefois –, mais il y a aussi cette histoire mystérieuse de Grande Bascule à laquelle il semble lié. La corrélation m'intrigue.

Je brave juste un peu les interdits du couvre-feu et branche mes lunettes holographiques, mais elles ne mentionnent rien que je ne sais déjà et que Mamiléa vient de me rappeler. Soit le néant ! Et *Le Petit Larousse* de 2007 n'est évidemment pas en mesure de m'éclairer sur des événements datant de 2027 !

J'interroge mes lunettes, encore et encore. Une seule et même définition revient en boucle. Pas d'image, aucun détail.

Je ne sais rien de mon père, rien du secret qui semble planer sur La Grande Bascule. Ni du lien entre les deux. Encore moins de la manière dont il s'en est sorti dans son drôle de monde sans ailes. Les questions se bousculent dans ma tête et de grandes flammes dévorantes commencent à la consumer. Bien sûr, j'espère trouver les réponses dans ma lecture. Mais je suis si impatient.

J'espère ou je désire ? Je ne sais pas ! D'ailleurs, quelle est la différence entre les deux ? Il me semble qu'espérer induit l'attente et désirer, le mouvement. Je déteste l'attente, alors il me faut plutôt désirer. Désirer engage à l'action et l'action apaise mes emballements. Mais mon père, comment pouvait-il savoir, lui, puisqu'on ne lui avait rien dit ? Comment ma vieille et belle grand-mère, si libre et si drôle, s'était-elle laissé faire par le monde entier ? Bien sûr, elle avait été jeune elle aussi, il me suffit de l'imaginer manger des bonbons, draguer des garçons, faire du tennis dans un club de sport. Elle était plus naïve alors, plus fragile. Elle était sous influence… C'est sans doute la raison.

En tout cas, ses mots se sont mis à exercer sur moi un envoûtement étrange : leurs nuances sont subtiles et leurs odeurs terribles. *Ailes*, par exemple, est bleu pâle, il me donne un goût de sel sur la langue. Les mots écrits m'enchantent. Et m'irritent aussi, quand je les vois d'une couleur, mais que leur description ou le contexte dans lequel ils sont utilisés ont une autre teinte ou une odeur mal assortie. Mon père, Mister Perfecto, avec des

ailes bleues ! Je le prends presque en pitié. Après la pitié, c'est la mort !
Et la mort me fait peur.

Il faut que je le voie. Sans être vu. Entre le petit salon et son bureau, il y a une lucarne pour laisser filtrer la lumière, à 2,03 mètres du sol exactement – j'ai déjà mesuré plusieurs fois –, j'y vais souvent. Je m'installe sur un tabouret et j'observe mon père qui travaille sur ses énormes maquettes. Ça me fascine.

Mais cette fois, c'est différent. Je ne cherche pas l'admiration qu'il dégage, mais une forme d'émotion, quelque chose dans ses traits qui m'aiderait à l'imaginer petit.

Que raconte son front ? Ses lèvres qui se pincent, son regard qui fuit vers la fenêtre ? Je ne sais pas où il va ni pour combien de temps. Je sais juste que l'air me manque un peu, parce que son regard ressemble au mien. Avec sa façon d'être ailleurs, en dehors de la pièce où tout se passe, du dialogue où tout se dit. Il est aussi seul que moi à entendre tous ces bruits, à voir toutes ces couleurs que les autres ne perçoivent pas. Je le sens, aussi fort que Mamiléa me l'a décrit.

On est là, lui et moi, chacun dans son univers, de chaque côté de la vitre, pourtant on pourrait construire un mur autour de nous, un mur qui nous enroberait et nous mettrait à l'abri du monde entier.

Je vois le grain de sa peau, son demi-sourire, l'épaisseur de ses cheveux, je vois mon père à cinq ans. Je visualise son secret, un secret planté comme une racine dans la

terre – une sorte de carotte colossale –, ce fameux secret qui date de La Grande Bascule et que j'ai envie de percer.
　　Envie, jusqu'à l'obsession.

Zebraska

Je me souviens : Thomas est dans l'arbre, sur la plus haute branche de ce sapin triste qui impose son ombre à toute la cour de l'école. Il regarde les autres enfants qui ricanent à ses pieds. Ils doivent lui sembler tout rikiki. À leurs justes proportions ! Les enfants l'ont un peu taquiné, me dit la maîtresse au téléphone. Il a ensuite mordu un de ces sadiques petits persifleurs et s'est fait punir pour cet acte violent. Et lui, pour qui les mots intello, bizarre, pas toi, dégage, débile, nul, martien *dépassent de loin la virulence d'une petite morsure, rumine à présent son sentiment d'injustice à cinq mètres du sol.*

— Thomas, descends mon chéri ! S'il te plaît !

Un ancien dicton juif prétend qu'il faut donner deux choses à ses enfants : des racines et des ailes. Le voir accroché à la cime d'un arbre me laisse perplexe.

La cloche sonne, tout le monde part et Thomas descend. Il est griffé au visage et les branches n'y sont pour rien. Les mères devraient couper plus court les ongles de leurs gamins. Le lendemain, ces mêmes mères, louves attendries, me demanderont comment va Thomas. Mais qu'est-ce que ça peut bien leur foutre tout à coup ? Mon fils ne va jamais bien. Leurs fils à elles le satirisent, ça le rend fou et eux, ça les fait marrer. Il est leur film comique, ils sont sa tragédie.

« *Comment va Thomas ?* »

Comme un petit garçon de même pas sept ans que je n'arrive pas à convaincre qu'il est plus croustillant d'être passionné d'écologie que de cartes autocollantes de voitures de course. D'ailleurs, quelle mère aurait cette vertu ? Comment lui expliquer que le méchant John – celui-là même qu'il avait si bien mordu – ne lui renvoie sa différence en pleine face que parce que ce petit crétin suinte d'une terrible banalité ? Comment lui dire que, s'il est gauche, c'est parce qu'entre sa tête et son corps le combat est inégal ? Que son esprit a toujours une longueur d'avance et que les bras, les jambes, les doigts font ce qu'ils peuvent, mais qu'ils ne suivent pas ? Que ce qu'il ressent comme une tare est un cadeau ? Alors, non, Thomas ne va pas bien. Et non, je ne peux me défaire de cette inquiétude permanente qu'érodent un peu les mères quand leur enfant grandit. J'entends ses cris. Toute la journée. Ses cris d'enfant perdu que je confonds parfois avec celui des poules au fond du jardin. Je deviens dingue !

Thomas. Nous lui avions donné le nom d'un saint. Était-ce un blasphème pour des parents non croyants ? Devions-nous être punis pour cette insolence ? C'est vrai, le choix était ambitieux : Thomas Jefferson, Thomas Edison, on avait visé haut. Et alors ? Ce prénom était sobre, facile à épeler, et sonnait dignement dans les deux langues nationales. Mais ceux qui croisent notre vie en arrangent parfois douloureusement les syllabes.

Le pourfendeur de Thomas s'appelle donc John (John Travolta, Johnny Halliday…), il avait trouvé Thomas sur son chemin un matin de rentrée scolaire. Il s'était retrouvé face à lui dans la cour, entouré de quelques nouveaux, quand une lueur de perversité éblouissante avait transpercé son esprit de superstar. Il avait braqué son index menaçant sur Thomas et avait beuglé : « Lui, c'est Malin, Thomas O'Malin, le chat débile du dessin animé débile Les Aristochats ». *Tout le monde avait ri. Les plus grands avaient surenchéri : « Malin comme un singe, qui fait le malin tombe dans le ravin… » La cloche avait fini par retentir. Elle sauvait toujours Thomas. On s'apprêtait à entrer en classe deux par deux. Thomas s'était glissé seul à la fin du rang, les voix s'étaient tues mais la douleur demeurait. Comme tous les premiers jours d'école, chacun racontait le meilleur moment de ses vacances. Thomas avait décrit sa journée au parc aquatique et la baleine bleue qui pouvait atteindre trente mètres de long. Il avait ensuite pris de la ficelle, donné le bout de la pelote à un John décontenancé et déroulé la corde jusqu'à ce qu'elle forme une belle et longue ligne droite d'environ trente mètres qui partait de la classe jusqu'au bureau du directeur en traversant une partie de la cour. L'histoire de la ficelle créa une mode. On mesura ainsi des coccinelles, des éléphants, des souris et des serpents pendant de nombreuses récréations. L'opération valut quelques jours de gloire à Thomas. Une défaite cuisante à ce John à la gomme. Puis tout revint à la normale. Mais d'une certaine manière, à la perspective d'une cordelette tendue qui avait l'allure folle d'un petit triomphe, dans cette magnifique ligne droite qu'il avait improvisée avec brio, Thomas venait, sans le savoir, de trouver sa voie.*

J'ai eu la chance de croiser dans ma vie quelques personnes bonnes et sensées, capables de percer ma carapace de pachyderme et d'y déposer un dard brûlant, une étincelle.

L'une d'elles était Mme Scone, la maîtresse de Thomas, une dame à l'allure de girafe, toute en longueur et en sécheresse. Elle ressemblait à la fois à un poème et à une énigme mathématique, surtout à cause de ses jambes maigres qui vacillaient sous l'immensité du tronc. Un jour, je l'avais dessinée en exagérant ses saillies pointues. Le croquis avait fait rire Thomas. C'est elle qui m'avait raconté l'histoire de la ficelle, elle encore qui m'avait appelée lorsque Thomas avait entrepris l'ascension du sapin. « Thomas s'ennuie ici, avait-elle insisté, je ne devrais pas vous le dire, mais ce serait bien de le changer d'école, de lui trouver un endroit où son esprit serait apprécié à sa juste valeur. » Mais Thomas n'avait que sept ans, il détestait le changement. Il lisait, il calculait, il courait et il riait, parfois. Qu'exiger de plus ? Les enfants sont cruels, voilà tout. Thomas aussi l'était. Il s'adapterait, c'était une question de temps. Je niais l'évidence. Je me racontais... enfin, tu sais !

Pourtant, cette nuit-là, en caressant ses cheveux de rêveur endormi, je perds pour de bon l'illusion du bonheur tout tracé d'un gamin sans histoire, au futur ordinaire. À quoi rêve-t-il ? Peut-être que la nuit il est comme les autres. Peut-être que la nuit il se venge, qu'il se transforme en roi du bac à sable, qu'il gagne des matchs de tennis et qu'on l'écoute raconter ses blagues. Mais toujours le jour se lève et il oublie la nuit. Parce qu'il est extra-ordinaire.

Extraordinaire *induit une idée de supériorité et d'intensité, pourtant, le mot provient du latin* ordinarius *qui signifie « conforme à l'ordre ». Étymologiquement, Thomas est donc en dehors de l'ordre. Normal, si cela ne plaît pas à tout le monde ! Et ce désordre implique une idée de chaos, de bizarrerie, une impression de manque d'harmonie. Cette version plus défavorable de l'extra-ordinarité de Thomas reflète à merveille son malaise permanent. Si « différent » se traduit par « pas comme les autres », il n'explique pas en quoi. Il fait planer un doute, c'est tout. On peut imaginer par exemple une ficelle différente (par sa texture, sa couleur, sa grosseur peut-être ?) ou un bidon différent (son contenant, son capuchon...), mais une ficelle ou un bidon peuvent-ils être extraordinaires ? Pour Thomas, je préfère résolument* extraordinaire *à* différent. Extra-ordinaire *(avec un trait d'union) suggère à merveille l'excès, la lumière et le côté sombre de sa force. Alors quand les mères normales des enfants normaux me demandent de leur air de souris : « Comment va Thomas aujourd'hui ? », je réponds : « Extra-ordinairement bien, merci ». Et je passe pour une folle !*

Quel est le fruit le plus féminin ?
L'ananas !
Ma petite blague réjouit June. Ma mère m'a toujours dit que deux lois fondamentales régissent les relations avec les filles : il faut les respecter et les faire rire. J'ai mis le tout en pratique et ça marche.

Louna aussi a mon sens de l'humour, pourtant j'ai gardé l'exclusivité de la boutade pour June. Peut-être parce qu'il n'y a jamais eu de jeu amoureux entre Louna et moi, que tout a toujours été comme une évidence entre nous.

June, elle, n'est que de passage, elle rentrera un jour au Canada et cette perspective ne m'autorise pas à m'attacher vraiment. Je peux juste m'amuser. Je sais que notre histoire se limitera à quelques mois pendant lesquels on jouera à se séduire sans conclure, à élever le fantasme au rang de légende.

Les Louna sont exceptionnelles ! Tant qu'on n'en a pas trouvé une, il est inutile d'aimer. Sans doute ai-je trouvé la mienne trop tôt. J'ai besoin de chercher un peu maintenant, de me laisser choisir. June est juste belle et gaie. C'est si simple. Puis elle est incapable de me percer à jour. Ce qui me laisse toute la place pour *Zebraska*, qui m'envahit chaque jour un peu plus.

Il y a le petit Thomas, dont la souffrance me hante, mais aussi ces mots que j'apprends peu à peu à apprivoiser. Je joue maintenant avec les phrases, m'amuse de leur double sens. Je teste mes jeux de mots sur June, elle est bon public, même si elle préférerait, je le sens, des envolées plus romantiques. Elle rit malgré tout. Par saccades. Moi aussi je ris de cette manière, avec des trémolos. Le rire est une émotion comme une autre et l'émotion, c'est le début de toute chose. Mamiléa me répète souvent cette phrase. Au moins elle n'est pas empruntée à un vieux poète, même si Mamiléa, il faut bien l'avouer, flirte déjà dangereusement avec le passé.

Je me demande s'il existe un moment, un instant précis de notre existence où la balance s'inverse, où le passé devient si long qu'il forme un grand trou noir qui nous attire. En tout cas, s'il existe, je ne l'ai pas encore atteint. Le passé m'inquiète, on n'a pas été présentés correctement lui et moi. On ne parle jamais des choses d'avant.

Pour Mamiléa, c'est le contraire et je crois que les vieilles phrases interminables et pleines de bon sens lui font du bien.

Et mon père, alors – car tout revient toujours à mon père – qu'est-ce qui l'affriole ? Les lignes droites de ses maquettes ? Peut-être qu'elles font des gazouillis dans son esprit et qu'il y voit des choses invisibles pour les autres. Des méandres fous, des espaces si beaux qu'il s'y promène. Ce n'est qu'une question de sensibilité après tout : Mamiléa voit le monde comme un dessin, moi comme un coloriage variable et mon père comme de longs chemins rectilignes.

Subitement, je me souviens de la phrase, elle m'est revenue comme un coup de pelle en pleine figure :

« ... à la perspective d'une cordelette tendue... Thomas, sans le savoir, venait de trouver sa voie. »

Architecte, c'est un destin, ça ? Je connais son nom en entier : Thomas Julien Matthieu Leroy, ses habitudes au centimètre près, ses horaires de travail, le grincement de la porte de son bureau, la malice de ses yeux, la gravité de son menton, la couleur de sa voix. Je suis parfois près de lui, si près que son odeur de bois frais me rend tout mou, comme quand il pose sa main sur mon épaule et que ses lèvres effleurent mes cheveux. Et quelque chose pourtant nous sépare, une sorte de négligence, un non-dit. Une histoire secrète de Grande Bascule ?

J'aurais pu lui dire cent fois déjà : « Je t'aime papa », et tout se serait écroulé, la distance et le secret, mais ces mots ne sortent pas, ils sont rouge vif, ils me brûleraient la langue et j'aime trop parler !

Si on envisage le point de vue des cordelettes tendues et qu'on part du postulat qu'entre deux points quelconques – même très éloignés – il est toujours possible de tracer une droite bien rectiligne, alors c'est certain que pour rejoindre mon père, un jour, je l'emprunterai.

Pendant que je phosphore, M. Leduc commence à s'agiter et interroge les élèves sur le texte que nous devons présenter pour le spectacle de fin d'année. Moi, je pense au sourire de mon père, j'ai toujours trouvé qu'il était tiède. Bien sûr, je ne peux pas deviner l'histoire qu'il cache. D'ailleurs, d'où vient ce que l'on est ?

Ma tête est en passe d'éclater, il y a encombrement. Je cherche une déviation. J'ai besoin d'une paix qui ne peut pas attendre. Pourtant, mon tour est venu de prendre la parole. Je respire profondément en comptant jusqu'à dix, comme on me l'a si bien appris. Mais ça ne fonctionne pas. Malgré les encouragements de June, rien de convaincant ne sort de ma bouche. Et je me prends une note médiocre dans ce cours où, d'ordinaire, j'excelle.

Je voudrais juste arracher la prise du monde, tout débrancher d'un coup et repartir dare-dare dans *Zebraska* pour aller casser la gueule aux petits cons qui ennuyaient mon père, puis me noyer dans le silence.

Zebraska

La première personne qui donne un nom scientifique à l'extra-ordinarité de Thomas est une petite femme énergique et tempétueuse qui fait frémir mes tympans à chacune de ses paroles tant leur débit est fulgurant. C'est Mme Scone qui m'a conseillé de consulter cette psychologue spécialisée dans la petite enfance.

Thomas passe d'abord toute une batterie de tests aux initiales inquiétantes dont les savantes interprétations tiennent en deux pauvres lettres : HP. Haut potentiel.

— Comment ?
— HP, madame, votre fils est HP.

Elle me lâche ça comme on annonce une sentence, la tête un peu penchée, l'air convaincu, mais compatissant, puis elle enchaîne :

— Je ne vous cache pas que ce ne sera pas une partie de plaisir. Vous devrez être très disponible, à l'écoute, patiente et vigilante. L'intelligence de Thomas, si elle est correctement stimulée, nourrie et appréciée durant son enfance et son adolescence fera de lui un adulte génial. D'ici là, il faudra lui

trouver un terrain favorable, essentiellement au niveau social.

Elle me parle de Thomas et j'ai l'impression qu'elle définit une maladie, un virus qui cherche un bon terrain de prolifération.
— L'esprit de Thomas est-il malade ?
— Non madame, être HP, c'est seulement une manière de penser particulière.
— Seulement ?
— Le cerveau de votre fils est un bijou, on le définit à haut potentiel, mais il n'en a pas le mode d'emploi et cela le déroute en permanence. Ce que ça implique concrètement ? Eh bien, son esprit atypique est notamment habité d'une sensibilité extrême qui rend insupportable pour lui un dixième de ce qui le serait par toute personne normo-pensante. Je parle là du bruit, des odeurs, mais aussi des comportements. C'est ce qu'on appelle l'hyperesthésie. De plus, son esprit ne fonctionne pas de manière séquentielle, il ne voit pas les choses les unes après les autres, mais de façon globale, ce qui lui donne du mal à se concentrer sur une seule réalité à la fois. Cela engendre souvent de gros soucis d'apprentissage. Son quotient émotionnel est démesuré : tout le touche, l'ébranle et le blesse. Il capte plus et plus fort ce que les autres ressentent à peine. Il aime concevoir et non restituer. Son rythme mental est accéléré, il ne cesse de penser, ce qui est épuisant et le met en décalage par rapport aux autres. Sa pensée est vive et omniprésente, un peu comme un bavardage incessant dans sa tête. Ce bouillonnement s'accorde mal avec la sérénité qu'il ira chercher dans des comportements d'addiction, déviants

ou simplement étranges qui le font passer pour un être bizarre. Incompris, il se sent frustré et est sujet aux colères et aux angoisses. Il est curieux et a l'esprit critique aiguisé. Son imaginaire est débordant et son sens du langage aigu. Il ne tolère pas l'échec et est rétif aux exigences du quotidien qui l'ennuient profondément. Il négocie et teste sans cesse. Bloque en état de stress. Envisage toujours le pire. Est solitaire par obligation. Son intuition, son empathie, sa vivacité d'esprit et ses sens sont fabuleux, mais il ne perçoit pas cela comme un don. Pour lui, c'est un poids qui le sépare du monde. C'est pourquoi il peut avoir des attitudes paranoïaques, obsessionnelles, autodestructrices et dépressives. Il doute sans cesse, est hyperactif, intellectualise tout. Et cherche perpétuellement un sens à sa vie. C'est un petit garçon qui ne s'aime pas beaucoup. Il a donc un besoin terrible de reconnaissance.

Le flux ininterrompu des mots me tourne la tête, j'essaie d'opérer un tri. Qui est Thomas ? Une sorte de mini-humain surchauffé du bulbe ? Un vilain petit canard, repoussé par tous à cause de cette différence, mais qui finira par devenir un magnifique cygne, à condition qu'il ne chavire pas avant ? Oui, mais quand ? Combien de temps va-t-il devoir serrer les dents ? Il est né avec une sorte de formule 1 dans la tête, mais il lui est impossible de l'arrêter ni de la piloter. Sympa ! La nature a été vache sur ce coup-là, non ? Qui croira à un truc pareil ? Un pauvre fifi, si éveillé que ça le fait souffrir. Ben voyons ! Alors qu'il y a des tas d'enfants déficients mentaux, c'est carrément dégueulasse. Et d'autres, handicapés physiques, ça, c'est vraiment dur. Puis il y a plein de gosses intelligents qui ne sont pas perturbés pour autant… J'entends déjà le monde s'indigner. Même moi, j'ai du mal à prendre tout ça au sérieux. J'ai soudain envie de rire, une envie effroyable. C'est là qu'elle me rappelle que je suis la mère, que rien ne pourra se faire sans moi. Est-ce que j'ai la carrure requise ? C'est moi qui pose la question. Moi, ou la définition même de l'impatience. J'ai envie de pleurer.

Je prends alors une décision terrible : devenir une mère idéale…

Je n'attends pas Louna et Scotty en haut du grand escalier. Je leur envoie une excuse bidon de concours de tir à l'arc oublié. Je marche dans les rues calmes en me remémorant le dernier chapitre, virgules et parfum de Mamiléa compris. Pour en sortir, je repense au mot *ailes* et le bleu envahit tout. Ce mot est parfaitement rond, comme un cercle. Je le pénètre, j'enjambe son rayon, grimpe sur son périmètre. Équilibriste, je me fais la malle ! Sortie des artistes ! Enfin, je respire. Je tiens bon, adossé à la porte des pensées qui tambourinent, de l'autre côté. Je sais la trêve momentanée. Je la savoure. Je débranche de la sorte jusqu'à l'appartement. Je m'assieds sur mon lit et je ferme les yeux. Tout est bien. Je suis bien. Je pense encore à *ailes*, juste à elles. Je vois le bleu d'un ciel d'été. Le bleu des yeux de Louna. Des yeux pleins, à mon image. Puis, je pense à June. Et je me dis que c'est normal, à mon âge, d'être attiré par une autre jolie fille. Je devrais me sentir coupable. Mais je suis juste contrarié. Je me demande si June aussi aimerait ma façon d'embrasser. Il fait soudain 40 degrés dans ma chambre ! Je cogite à nouveau. Je reviens à ma jungle intérieure.

Parce que des ailes, justement, je n'en ai pas. À quoi elles me serviraient, d'ailleurs, puisque je ne vivrai pas assez longtemps – 2 milliards de secondes, c'est juste le temps qu'il faut pour s'ennuyer un peu – pour voler jusqu'au bout du ciel. S'il y a un bout. J'aimerais comprendre. Je regarde la mouche posée sur mon étagère. Peut-être qu'elle sait. Je n'aime pas les mouches. On n'a jamais sympathisé. Je ne sais pas comment m'y prendre avec elles. Les pourchasser en faisant de grands gestes ridicules, ouvrir la fenêtre pour qu'elles s'échappent ?
Ce que je sais, c'est pourquoi les insectes sont attirés par la lumière. J'ai lu quelque chose à ce propos sur mes lunettes holographiques. En réalité, les insectes ne se ruent pas sur la lumière, mais ils tournent autour. Ils se font avoir, prenant la lampe pour la lune, qui leur sert de point de repère pour s'orienter. Leur but est de garder un angle constant avec l'astre, afin de se déplacer en ligne droite. Lorsqu'ils arrivent à proximité d'une ampoule, les pauvres bougres tournent pour garder le même angle et petit à petit se rapprocher de l'ampoule. J'espère que, dans *Zebraska*, mon père ne confondra jamais la lune et la lampe !

Bien sûr, je pourrais lui demander pour La Grande Bascule, ce serait plus simple. Ça nous ferait une balade à deux sur le chemin du passé.

Je lui dirais :

— Papa, j'ai un truc à te demander.

Il quitterait son air préoccupé et me répondrait :

— Bien sûr, Martin.

— Qu'est-ce qu'il s'est passé pendant La Grande Bascule ?

Il me dirait de m'asseoir, car il s'agirait d'une très longue histoire. Je ferais vœu de silence, parce que l'envie de l'interrompre me grillerait les entrailles : poser d'autres questions, saupoudrer d'une remarque, sauter les étapes pour savoir plus vite ! Lui, mon père, me dirait à moi, son fils, ces choses essentielles qui, avant, se transmettaient de génération en génération. Je verrais ses yeux s'arrondir de plaisir, ses traits se détendre, ses gestes se déployer. Je serais heureux. En même temps, je sais qu'il connaît de la vie cette part du passé qui m'a été cachée et qui, du coup, me fait un peu peur. Peut-être a-t-il déjà essayé de m'en parler, peut-être n'ai-je pas voulu entendre.

Dans la bande passante de mes pensées, une phrase de *Zebraska* se met à se répéter :

« Notre cerveau global était cliniquement malade, mais il possédait encore de belles histoires ! Où sont les tiennes, Marty ? »

Mes histoires ? Je n'en ai pas et, à force d'y songer, cela m'effraie.

Ce soir, mes parents sont sortis. Ils m'ont laissé un plat préparé végane auquel j'ai à peine touché. La nuit est tombée. Décor attendu, silence exigé, conditions requises assemblées. J'ouvre *Zebraska*. Je trouverai sans doute mes réponses dans ses pages. Je sais qu'elles agiront comme une râpe, me limeront la tête de mes craintes et me rendront l'esprit aventureux. Alors, je lis. Mes sens sont à l'affût et les bruits du monde ne me parviennent plus que dans un chuintement. La réalité se ratatine face à l'imaginaire, faisant de ma chambre un espace neuf, à la fois familier et inattendu, où des personnages étonnants prennent vie. Des mères idéales par exemple, dont je me fiche bien de connaître les tribulations, et pourtant...

Zebraska

C'est l'été. Les amis se réunissent dans les jardins. On est censé s'y détendre, mettre la somme de ses petites préoccupations en orbite temporaire. On boit du vin. On mange de la viande noire que les hommes font carboniser sur des grilles en fer pendant que les femmes se racontent leurs petites histoires. Elles ne se préoccupent pas de leurs enfants. Pour une fois. Quelle insouciance ! Les gamins jouent ensemble, ils s'amusent au soleil, enduits de protection 50+. Ils mangent des merguez calcinées cancérigènes et boivent du Coca gavé de colorants, mais les mères sont rassurées : le bon air leur fait du bien. Pas moi ! J'ai le radar aux aguets. Où est passé Thomas ? Il y a une petite boule chaude et lourde qui m'écrase la poitrine. Elle est là depuis le « diagnostic ». Elle ne me quitte plus. Est-il parmi les autres ? S'est-il introduit dans leur moule ? Fait-il semblant que tout ça l'amuse ?

Ah, le voilà ! Il s'approche, la mâchoire crispée, en se mangeant les doigts.
    — *Bon maman, on y va ?*

— *Thomas, on vient d'arriver ! Tu ne t'amuses pas ?*

J'ai instantanément honte d'avoir posé une question aussi bête.

— *Ils ont ri parce que j'ai parlé de la couche d'ozone.*

Il trépigne. Fuit mon regard.

— *Peut-être qu'ils n'ont pas compris. Parfois, quand on ne comprend pas, on rit pour paraître moins idiot !*

— *Oui, mais maintenant ils veulent regarder un film. Tu sais bien que j'ai peur des films. Ils vont me traiter de nouille.*

Il hausse le ton, saute d'un pied sur l'autre. Il veut rentrer. La boule grossit dans ma poitrine. Si Thomas était comme les autres, j'en serais à mon quatrième verre de vin et je glousserais comme un dindon. Oui, mais voilà, je ne glousse pas, moi. Je bêle ! Le sourire en berne, la bouche en forme de pont. Abigaëlle, maîtresse des lieux, nous observe de loin, dans ses yeux je lis : « Ma pauvre ! » Elle a pitié. Elle s'approche, propose à Thomas de découvrir sa collection de bandes dessinées. Une trêve. Je le regarde s'en aller vers la bibliothèque, sa main molle perdue dans celle d'Abigaëlle. La différence rend malheureux. Je suis la génitrice de Calimero, l'artisan de ses jours torturés. J'aimerais lui dire que je regrette, que je ne l'ai pas fait exprès.

— *Léa, tu veux un gâteau ?*

C'est Henri-Gabriel, le fils aîné d'Abigaëlle. Cheveux courts, t-shirt bleu marine, jean branché et visage d'ange. Dix ans.

— *Merci mon grand, je pense qu'on va y aller...*

— *Oh déjà ? Tu embrasseras petit Mattéo pour moi ?*
— *Promis !*
— *Et Victor, il est en Afrique ?*
— *Oui, il rentre le week-end prochain.*
— *Alors tu lui remettras mon bonjour !*
— *OK mon loulou ! (Je n'ai jamais réussi à prononcer « Henri-Gabriel ».)*

Ce petit est parfait. Poli, mignon, scolaire, sportif. Le gosse rêvé. Je rumine des pensées impures : j'aimerais qu'il se prenne les pieds dans une racine d'arbre et s'étale de tout son long sur ses gâteaux ridicules. En fait, je ne l'aime pas beaucoup.

Pourtant, c'est évident, Abigaëlle est une bonne mère, remarquable en son genre. Elle sait y faire avec les enfants, c'est certain. Elle sera ma première victime.

Le soir, je raconte aux garçons l'histoire du prince Siddharta. Le choix est calculé : la Voie du Milieu, l'harmonie dans toute chose, l'ouverture au monde. L'effet est immédiat : Mattéo s'endort avec la béatitude d'un moine bouddhiste, Thomas me demande si on peut se réincarner en dessous de dix-huit ans.

Il me faut admettre, une bonne fois pour toutes, l'épouvantable vérité : le cerveau de Thomas constitue la base de son malheur. Mais le lobotomiser serait amoral (et douloureux !).

Cette même nuit de juin, je note dans un carnet vierge les avantages à cloner l'attitude maternelle d'Abigaëlle. Cela ressemble à l'élaboration d'un voyage, un voyage en Italie. Après un fastidieux pèlerinage, j'arriverais, moi aussi, dans les bras de Junon, déesse de l'enfantement, reine des matrones ! Je sens déjà l'odeur des pâtes fraîches et de la grappa maison. Être une autre, l'idée est absurde. Mais je n'ai pas le choix.

Embourbée dans le mystère de Thomas, je me perds depuis des mois dans les failles profondes de ma propre lithosphère, le plus difficile étant de m'y supporter. Être moi est devenu un luxe impayable. Ça ne marche pas. Je n'arrive pas à guérir mon fils de sa maladie de penser trop. La solution s'offre à moi, unique : fuir ! Chercher la réponse en dehors. Observer Abigaëlle à l'œuvre m'apporte un espoir sincère. Je n'avais jamais touché à la perfection avant ça. Considérant avec attention combien sa gestuelle est douce, ses propos fermes et son esprit serein, je décide sans hésiter de singer ce comportement encourageant. Je vois ce plagia comme une promotion personnelle : ne jamais s'énerver, être disponible, sourire en toutes circonstances, être résolue sans être castratrice, répéter sans monter dans les tours, cultiver l'optimisme, ne pas arriver en retard, cuisiner du frais... J'ai découvert en Abigaëlle un Pavarotti de la gestion infantile. Pas un instant, je n'ai la prétention de penser que la reconversion sera facile. Alors, je l'observe, je note, je m'approprie sa philosophie. Mais je ne sais comment m'engager pratiquement dans cette nouvelle voie. C'est une véritable discipline sacerdotale. Faut-il se lancer tout de go ou y aller par petites touches ?

Je commence par manger bio et par me coucher tôt, par porter du coton et de la laine issus du commerce équitable uniquement, par faire de la Zumba deux fois par semaine, comme Abigaëlle, pour être en forme et sereine à la fois. Je lis des traités sur le droit au bonheur et des essais sur les émotions destructrices pour mieux comprendre la vie. Je donne mon sang à la Croix-Rouge (toujours comme Abigaëlle) pour prendre conscience que nous faisons tous partie d'un tout, pour aider mon prochain et m'enlever toute culpabilité éventuelle s'il m'arrivait, dans un moment d'égarement, d'oser me plaindre, moi qui suis en bonne santé. Je suis prête !

Samedi, jour de sortie. Je n'ai plus aucune excuse à offrir à Scott et Louna pour me défiler. Je dois les affronter, mon mensonge par omission sous le bras. Les trahir en face-à-face. Je leur ai proposé l'ascension en équipe du mont Everest, une virée virtuelle en 5D. Cette nouveauté fait fureur depuis quelques mois, ajoutant aux effets spéciaux de la quatrième dimension la force de la pensée. Il suffit de penser l'effort pour le vivre ensemble à travers nos lunettes sur une image géante. Je sais que l'activité plaira à Louna, dingue de nature et de voyages, et à Scott aussi, qui voue un amour sans borne à tout ce qui le rapproche des amis et l'éloigne des études. Je ne m'oublie pas dans cette équation du parfait bonheur, puisque la conversation se focalisera exclusivement sur le défi sportif collectif que nous devrons relever, ne laissant aucune place aux questionnements sur mon attitude insolite.

L'après-midi est joyeux. Je sauve Louna de quelques glissades mortelles, ce qui me vaut une franche remontée dans son adoration à mon égard et je laisse Scott se pavaner en premier de cordée. Je réussis plutôt bien à dissiper ma gêne et je me laisse même aller à oublier *Zebraska* quelques heures.

Mais sur le chemin du retour, je ne peux m'empêcher de repenser à mon père. Je m'imagine à l'âge qu'il avait alors, je sens sa révolte, je la reconnais et je saisis ma chance d'être né à une époque où la singularité ne fait pas tache. Je mesure aussi mon infortune de ne pas connaître l'odeur des bandes dessinées et la carnation des histoires du soir.

Ça ne me choque plus qu'il soit un héros.
Il me ressemble un peu.

Si je ne lui parle toujours pas, c'est parce que j'ai du mal à évoquer des sujets qui m'ennuient, ça ne sort pas, l'effort est trop lourd. Discuter de maquettes et d'école, c'est au-dessus de mes forces. Cela dit, je n'ai jamais rien tenté d'autre. Une fois que je saurai, pour lui et La Grande Bascule, que je comprendrai vraiment à qui je m'adresse, j'irai le voir et on discutera, lui et moi. Ce soir, c'est trop tôt encore.

Dans un an, ce sera peut-être trop tard.
Demain ?
À partir de quand c'est trop tard ?
Peut-être l'est-ce déjà. Peut-être que, comme Mamiléa, je fuis. Ma tête est à nouveau pleine et mon cœur tordu.

Zebraska

Un midi où je prépare une montagne de haricots frais du potager d'Abigaëlle (je n'aurai jamais la main verte comme elle), refoulant l'envie de la remplacer par un minuscule carré de chocolat à calories équivalentes et de me jeter dessus, je statue avec fierté le début de mon nouveau règne de mère idéale.

— *Les garçons ! À table !*

Rien ! J'inspire.

— *Mes chéris, on mange !*

Mattéo finit par descendre. Il regarde les haricots verts avec dégoût. On attend Thomas. J'expire.

— *Thomas, tu vas manger froid, ce serait dommage.*

Mattéo me dévisage d'un air suspect, il n'a pas l'habitude d'un tel sang-froid. Il mastique un haricot, perplexe. Thomas déboule, tourne autour de la table :

— *Mattéo a volé mon Mecano !*

— *C'est même pas vrai !*

De tranquille, l'ambiance passe brutalement à exaltée. S'élèvent des cris stridents dont il émerge que Mattéo est un « p'tit con » et Thomas un « sale menteur ». Je hais les cris. Je pense très fort à Abigaëlle, je prends mon air le plus attendri, pose ma main sur l'épaule de Thomas qui, enfin assis, se tape la tête sur la table en hurlant que personne ne l'aime. Je me dis qu'entendre mes enfants se disputer est un cadeau, le signe qu'ils sont pleins de vie, que Thomas est décidément original jusque dans sa manière de manifester son mécontentement. Je souris.

— Thomas, ce que tu dis est injuste. En plus, Mattéo ne t'a rien volé du tout. Ton Mecano est sur la table du salon, exactement où tu l'as posé hier. Allez les enfants, dites-vous pardon !

Mattéo :

— Maman pourquoi tu parles comme dans un film ?

La tête de Thomas a cessé de tambouriner contre le bois. Il me regarde, stupéfait et se met à manger. Crache un haricot.

— Maman je vais vomir si je dois avaler ça, ça goûte le terreau !

Un instant, je me remémore la théorie de l'hypersensibilité des enfants HP.

— Ce n'est pas grave mon chéri. Ne les mange pas !

— Moi non plus alors, je ne dois pas les manger ?

— Non, toi non plus.

La boule de chagrin revient. Je tiens bon. Thomas renverse de la sauce au miel d'acacia bio sur son pyjama propre. Il rêve. Il est ailleurs.

— Thomas, avance ta chaise vers la table, tu vas refaire des taches.

— Mmm.

Mattéo me raconte son premier cours de dessin. Thomas chantonne. Fort, de plus en plus fort. Je n'aime pas le bruit, il le sait, il me pousse à bout. Il m'emmène dans sa détresse, pour ne pas y rester seul. Il ne m'aura plus, je suis une autre mère maintenant. Je sais comment m'y prendre. Il finira par comprendre, par faire comme tout le monde.

— Thomas, s'il te plaît…

Il mange sa viande avec les doigts.

— Thomas, mon chéri, tes couverts !

Il chantonne, prend ses couverts. Je le questionne sur sa journée. Il me dit qu'elle est comme l'empire des ténèbres. Mattéo voudrait savoir ce qu'est l'empire des ténèbres. Thomas lui dit qu'il a le cerveau trop ramolli pour comprendre. Je le prie gentiment de rester courtois. Mattéo sourit. Thomas l'accuse de se moquer de lui. Les hurlements reprennent. J'ai envie d'un verre de vin. J'ai envie que Victor soit là. Thomas mange sa viande avec les doigts.

— Thomas !

— Quoi ?

— Utilise tes putains de couverts !

L'après-midi, au retour de l'école, Thomas est silencieux dans la voiture. Ses yeux sans expression regardent la route.

— Tu as passé une bonne journée, Thomas ?

Je ne peux m'empêcher de lui poser la question. Je dois savoir, pour ne pas le laisser plonger par négligence. Pourtant je connais la réponse. Je sais qu'elle me fera mal. Que je serai désemparée.

— Mmm.

— Moi, je suis super contente. J'ai terminé un dessin. Tu voudras le voir ?

— Mmm, si tu veux.

Son regard n'a pas quitté le bitume. Il pleut.

— Tu me racontes un peu ta journée ?

Je me cramponne à l'idée. Comme Thomas dans ses crises de colère, je m'acharne à reproduire un scénario qui ne fonctionne pas. C'est plus fort que moi.

— Maman, j'ai pas envie d'en parler.

Il a geint, presque crié. Tapé son pied contre le siège avant.

Je suis partagée entre le réprimander ou me taire. Que ferait Abigaëlle ?

— Mon chéri, je ne peux pas t'aider si tu ne me racontes pas.

— Tu peux pas m'aider, de toute façon. Je suis né avec pas de chance. Ça tombe toujours sur moi. C'est de ta faute aussi. J'aurais mieux fait de ne pas naître.

J'arrête la voiture sur le bas-côté. Je déclare, avec un peu d'énervement quand même :

— J'en ai marre d'entendre des conneries pareilles à longueur de journée. À force d'avoir des réactions débiles, tu n'auras plus d'amis.

— Je n'ai pas d'amis. Et arrête de me crier dessus.

— Je ne crie pas !

J'ai envie de hurler. Je me maîtrise. Trop tard, il a déjà gagné, il m'emporte dans sa noirceur, j'y cours avec empressement. L'enfer, c'est mieux à deux ! Surtout avec quelqu'un qu'on aime. Thomas me fait une déclaration d'amour à sa façon. Je devrais lui dire merci... Le prendre dans mes bras. Il me repousserait. Me taperait. Il déteste qu'on l'aide, qu'on le console. Il déteste aussi qu'on l'ignore. Il déteste qu'on le contrarie. Il déteste tout. Oui, mais quoi *alors ? Il me regarde droit dans les yeux, répète qu'il est un monstre, respire comme une bête essoufflée et rugit des sons aigus, insupportables. Je hais le bruit. Je crie plus fort pour qu'il arrête de crier. Je m'élève à son rang de démon ! On est pareils : deux hystériques enfermés dans une Mini break. C'est moi l'adulte ? Je suis folle. Abigaëlle !*

Le soir tout s'apaise. On a beaucoup pleuré. Je ne sais toujours rien de sa journée. Thomas est couché. « Pardon, maman. » Il aimerait que je lui masse la nuque. J'embrasse ses cheveux, je les respire, je m'exécute. Le moment est dense, l'univers, réduit à une personne. J'ai peur de le casser.
— *Maman, Hitler, il a tué combien de juifs ?*
— *Des millions. Vous en avez parlé à l'école ?*
— *C'était vraiment un monstre, alors ?*
— *Plutôt, oui ! Pourquoi ?*
— *Ben, j'suis allé voir le directeur parce que John avait mis de l'eau sur ma chaise. J'avais les fesses toutes mouillées et tout le monde a cru que j'avais fait pipi dans mon pantalon.*
— *Tu as bien fait. Et il a dit quoi, le directeur ?*
— *Il m'a demandé ce qui me semblait être une bonne sanction. Comme John est vraiment méchant, j'ai répondu : « Le renvoi. » Il m'a dit qu'avec des idées pareilles il n'y aurait plus personne à l'école, que j'étais un véritable petit Hitler.*

Thomas n'a pas quitté l'école du village qu'il aimait tant. J'aurais préféré mais il m'en aurait voulu. Parmi les dessins de sorcières et les citrouilles éventrées qui ornaient son bureau, le directeur s'est excusé de n'avoir pas mesuré l'impact de ses mots.

Il avait dit ça pour blaguer. Je n'avais pas envie de rire.

Et l'holocauste, doucement, s'est mis à envahir les nuits de Thomas. Les miennes aussi.

Je dépose le livre. Mes yeux brûlent. Je suis épuisé de mener cette double vie. Celle de mon père, avant La Grande Bascule. Puis la mienne, ici et maintenant.

Je reste immobile. Je m'interdis de réfléchir. Je respire profondément. Il faut que je dorme un peu.

Un autre que moi a pris les commandes. Il est né avec *Zebraska*. Avant lui, j'appartenais à la catégorie de ceux qui n'arrivent pas à poétiser leurs privilèges. Un peu le genre de type qui prend la vie pour un handicap et qui se complaît dans cette insatisfaction.

Il ne m'a fallu que quelques semaines pour gagner en vaillance. En même temps, ce n'était pas très compliqué, je partais de zéro.

Je ne pense plus qu'à ce nom : Hitler.

Je dois savoir qui hantait le sommeil de mon père.

Je ne sais pas comment aborder un monstre. J'aimerais me raccrocher à un indice connu, un terrain familier. J'enfile mes lunettes holographiques. Elles ne m'offrent que deux réponses laconiques dépouillées de toute documentation :

Adolf Hitler, homme politique allemand (1889-1945) à l'origine de la Seconde Guerre mondiale (1939-1945).

Holocauste : Génocide des juifs par les nazis.

Il y a bien les vieux livres de mon père...
Je reprends plutôt *Zebraska*.
Dehors, la nuit sévit déjà.
Elle m'emporte avec elle.

Zebraska

Un dimanche matin, Abigaëlle m'invite à déjeuner. Je n'en ai pas très envie. Je ne parle pas du pain délicieux qu'elle prépare dans son four, avec sept céréales au moins, je parle d'Abigaëlle elle-même. Je n'ai pas envie d'être confrontée à l'excellence. Je prétexte des dessins encore inachevés à rendre d'urgence à la rédaction d'un mensuel pour enfants. Elle insiste. Je cède, j'ai tant de choses à apprendre encore. Je propose 10 heures. Plus tôt, je risquerais la messe et ma volonté a ses limites. Sur le chemin qui rejoint nos deux maisons voisines, je croise Henri-Gabriel. Je ne le reconnais pas immédiatement. Il porte des moufles, une cagoule, une veste de randonneur et des bottines de secouriste alpin. Il a dû mettre vingt minutes pour s'habiller. L'essentiel est sans doute de ne pas avoir froid. Il a l'air ridicule. Je souris.

Abigaëlle aime le thé vert. Je bois son thé vert sans sucre. Elle a préparé du pain noir, meilleur pour la digestion, je mange son pain noir. Elle parle, j'écoute. Elle s'affaire dans la cuisine, je regarde le tableau noir des tâches et des devoirs de chacun, magnétisé sur le frigo, avec un espace vide pour la cote sur dix. Je prends note mentalement. Elle parle. Elle affirme sans concession que les enfants n'ont pas assez de devoirs, que la saison 23 de la série Sexy Ladies *est définitivement moins bien que la 22, que les fringues chez Zara, c'est de la merde, qu'on devrait renvoyer les sans-papiers dans leur pays, qu'heureusement que les tsunamis, c'est loin de chez nous, que de toute façon les ados de l'enseignement public sont tous drogués et qu'il y a de plus en plus d'homos. Elle me confie tout ça parce que je suis devenue une vraie amie, dit-elle. J'ai cessé de noter mentalement. Son portable retentit. Elle décroche. D'un coup, je ne suis plus rien. Je regarde ses cheveux relevés, on dirait une haie bien taillée, une création de Le Nôtre. D'apparence tout y est ordre et douceur. Je pense aux cheveux de Thomas. Ils ressemblent davantage à un buisson, piquant et obscur à la surface, mais dense et vivant au-dedans. Et je me dis que je préfère définitivement ce qui pique.*

Je décide d'espacer mes visites chez Abigaëlle.

D'une façon étonnante, les gens ressemblent à ce qu'ils mangent. Il y a ceux qui mangent sain tout le temps (les génies du contrôle), ceux qui mangent gras (les négligents), ceux qui aiment le sucré par-dessus tout (généreux et émotifs), les goinfres des chips (tristes ou agacés)... La raison, l'addiction, la générosité, tout se voit dans l'assiette. Dans l'assiette d'Abigaëlle, par exemple, on trouve un mélange de distance (toujours le haricot) et de chaleur (la noisette), une rigueur courtoise (la tomate fraîche pelée), un désir de perfection (la tige de persil plat), et des graines, beaucoup de graines comme un besoin de se répandre. Mais Abigaëlle a un secret honteux : ses barres de chocolat truffé. Elle les cache dans le troisième tiroir sous l'évier, derrière les éponges et les brosses à vaisselle. Je le sais, parce qu'un soir je l'ai surprise. Elle grignotait comme une petite souris, les yeux hagards, de peur qu'on la surprenne.

Abigaëlle n'est résolument pas parfaite. Oh ! Rien à voir avec le chocolat, tout avec le repentir. Une sorte d'autoflagellation stérile à vouloir cacher son plaisir. J'en viens à la conclusion que si tout contrôler est illusoire, tenter de tout contrôler c'est se résigner à perdre sa joie. Calquer mon humeur sur celle d'Abigaëlle, lui confier les rênes de nos vies n'est donc pas une solution. J'en ai eu le cœur net lorsque, visitant sous les injonctions d'Abigaëlle la chambre tout nouvellement décorée d'Henri-Gabriel, j'ai découvert, parmi les posters ridiculement charmants de chanteurs pubères inoffensifs et les cahiers de mathématiques, un magazine égaré où la position fort suggestive de très jeunes femmes m'a laissée définitivement perplexe.

Chaque famille semble avoir ses démons cachés.

Je ne suis pas terrassée par cette conclusion. Si elle insiste lourdement sur l'échec de ma mission, elle possède aussi un pouvoir rassurant : je ne détiens pas le monopole de l'imperfection. Mon approche a été aveugle et bornée. La véritable Abigaëlle ne correspond pas à mon image de mère idéale. Mais elle m'a ramenée à moi, infoutue de tirer Thomas vers la joie, de le faire s'aimer, de le faire aimer des autres. De le rendre un peu plus pareil à eux. Ma défaite m'enfonce dans une nouvelle incertitude : à quoi donc reconnaît-on une mère émérite ? Pas une mère parfaite, non, juste une créature douée pour le rôle.

Le soir, à table, je demande à changer de place. C'est à cause de *Zebraska*. Il me semble que les histoires agissent comme un alcaloïde – le capsicum par exemple – qui, tout en discrétion, rend les choses plus piquantes. Elles offrent une manière différente de voir la vie, plus sensuelle. Plus intense. Changer de place à table est un moyen supplémentaire de changer mon poste d'observation. Et je veux mettre toutes les chances de mon côté.

De ce nouvel emplacement, j'examine ma mère de profil, étudie encore et encore les plis de son visage. J'aime ceux autour de sa bouche, deux petites goulottes témoins de ses éclats de rire. J'adore quand elle rit.

Les ridules sur son front, sont-elles mon œuvre ? Des soucis pour moi, des sacrifices, de la patience, tout cet amour donné sans condition ? Mes yeux s'attardent sur ses cheveux, ils ne ressemblent pas aux haies de Le Nôtre (« grand jardinier français… », *Le Petit Larousse 2007*, page 1477). Je me lève, je les touche, ils sentent le pamplemousse, on dirait de la soie. Elle rit, m'embrasse. Je me rassois.

Elle nous raconte sa journée d'infirmière. Les nouveaux patients, ceux qui sont partis, le cardiaque sauvé in extremis, les enfants de l'étage des grands brûlés... J'ai envie d'être gentil. Je m'intéresse, je pose mille questions. Je joue à être Thomas (les colères en moins), je l'imagine en Mamiléa.

J'ose à peine regarder mon père, aucune vitre ne nous sépare. Je pose mon regard sur son front, ce n'est plus mon père que je vois, il a huit ans et, dans ses rêves, cet horrible type que je ne connais pas. Ses yeux plongent dans les miens, ils me questionnent, m'invitent à l'intimité. Et là, un éclair me fend de la tête aux pieds et ce que je ressens n'a plus rien à voir avec ce que je dis. Ce que je dis est froid, bleu marine. Je dis que tout s'est bien passé à l'école aujourd'hui, mais que M. Leduc n'est vraiment pas cool... Ma mère s'inquiète de mes notes en berne. Pour une fois, mon père ne dit rien à ce sujet. Comme s'il en connaissait la raison et qu'elle était valable à ses yeux. Maman arbore toujours son sourire qui contamine, le seul qui arrive à dégeler mon père. Il prend sa main par-dessus la table. Et je reste là à les regarder se regarder, embarrassé, mais heureux aussi de ressentir leur complicité.

Je me suis souvent demandé ce que ma mère, si pétillante, trouvait à mon père, si posé. Si elle l'aimait vraiment. Et là, il y a entre eux ce champ magnétique d'un nombre stupéfiant de teslas. Comme entre Louna et moi. Et June aussi, parfois. Et je me dis que le bonheur, c'est des instants.

20 heures. Déjà ? Couvre-feu. On allume les lampes torches autorisées. Je débarrasse mon assiette. Les choses entre nous restent immobiles, transparentes, suspendues dans l'air. J'ai hâte de retrouver ma chambre. Je brûle d'en savoir enfin un peu plus sur ce monstre de Hitler auquel le directeur avait comparé mon père. Alors je traverse l'appartement à pas de loups, je m'introduis comme un voleur dans le bureau de mon père, le seul fou à avoir conservé des livres, je fouille dans sa bibliothèque et je pénètre dans l'horreur du passé.

J'ai envie de vomir.

Zebraska

Dimanche matin, jour de foot. Natalia marche vers moi, cerclée d'une longue jupe verte qui froufroute à chacun de ses pas. C'est la première fois que je la vois. Ses cheveux cuivrés ruissellent sur ses épaules. Je la trouve magnifique. Les pères, regroupés de l'autre côté du terrain la regardent passer, eux aussi ! Elle s'immobilise à quelques mètres de moi, m'insufflant par sa seule présence l'assurance de ceux qui savent s'y prendre avec la vie. Je sens son parfum, sucré, avec quelque chose de vaguement érotique. Si j'étais un homme ou si j'éprouvais une quelconque attirance pour les femmes, j'en tomberais amoureuse instantanément. Elle vient de semer en moi un élan de légèreté. Elle semble me dire : « Mais laisse-toi aller une bonne fois pour toutes ! Arrête de résister ! Laisse donc faire la vie ! »

Affalée sur la clôture en fer qui délimite le terrain de football, je regarde Thomas qui, gauchement façonné pour la pratique du sport, s'active derrière un ballon qu'il ne touche jamais. Il a enduré la honte sans cesse réitérée de ne pas être choisi parmi les premiers joueurs à monter sur le terrain, puis comme d'habitude a été toléré sur le gazon dix minutes avant la fin du match, quand les jeux étaient faits et qu'il ne pouvait plus nuire au score. Il a subi le rituel des moqueries, les yeux levés au ciel de ses compagnons de jeu pour qui le sport semble être un combat à gagner plutôt qu'une expérience physique à partager. À la décharge des gamins, il faut voir certains pères s'exciter au bord du terrain : « Vas-y mon grand, tu vas l'écraser ! Dégage-le de là ! Bravo, c'est toi le meilleur ! Qu'est-ce que tu fous, tu joues comme une fesse ! » Édifiant ! Mais le pire, c'est le silence bruyant des mères, cet air gonflé d'arrogance et de fierté quand on les félicite d'avoir engendré des pros du foot. Comme si elles avaient quelque chose à voir là-dedans ! J'attends le moment où on viendra me blâmer, me donner une contravention pour entrave à la « Victoire » ! J'ai envie que leurs fils mordent la terre, qu'ils s'égratignent les genoux. Que ça leur fasse bien mal tout ça. Je nourris secrètement l'espoir que Thomas marque un but et qu'ils le portent aux nues. Que je voie sur son si beau visage le sourire, non du triomphe, mais de la reconnaissance. Bien sûr, c'est peine perdue.

Immergée dans mes pensées noires, je n'ai pas remarqué que Natalia s'était approchée de moi :

— Bonjour ! C'est lequel, le vôtre ?
— Celui qui a l'air de se demander ce qu'il fait là ! Elle rit. Ça me plaît.

Elle pointe du doigt son héros à elle : un petit blond au look défait de surfeur australien qui semble atrocement bien dans sa peau. Et je saisis ma chance de connaître mieux celle qui semble receler tant de vertus, d'essayer de l'apprendre par cœur.

En quelques minutes seulement, j'assimile quelques détails étonnants. D'abord, Natalia ne contrarie jamais ses enfants :
— Jamais ?
— Jamais !
— Et comment fais-tu pour leur montrer la limite ?
— En général, ils la trouvent seuls.
Ainsi Jimmy mange des chips jusqu'à avoir mal au ventre, ramène de mauvaises notes jusqu'à comprendre par lui-même qu'il risque son année, joue sur son PC jusqu'à en être dégoûté. Il ne va pas à l'école quand il est fatigué et en assume la pleine responsabilité. Natalia est convertie au bouddhisme, suit des cours de pensée positive, chante du gospel, sculpte, tire les cartes et tient une boutique de dessous coquins. Son leitmotiv : « Ce n'est pas grave. » J'éprouve quelques doutes quant à l'efficacité sur le long terme de cet idéal et beaucoup de difficultés à m'imaginer pareille. Mais le résultat, je dois bien l'avouer, est impeccable. Natalia est une femme libre et je vais m'en inspirer.

J'en suis là quand Thomas s'emmêle les pieds. Les fesses vissées au sol, un peu sonné par sa nouvelle chute, il essuie déjà les sarcasmes de John qui, penché au-dessus de lui, susurre avec délice : « Thomas, si tu calculais la longueur de la ficelle qui va de ton pied au but, tu serais peut-être moins nul. » Il rit, content de sa blague de nigaud. Évidemment, personne n'a rien entendu de ce coup bas, on ne voit que Thomas bondir sur John, la star de l'équipe, le traiter de psychopathe avant de se recroqueviller en forme de fœtus au bord du terrain duquel il se fait vertement expulser par l'arbitre. Je suis furieuse moi aussi. Qu'est-ce qui lui a pris ? J'en ai marre,

marre, marre de ce gosse ! C'est lui qui voulait faire du foot. A-t-on idée de s'inscrire dans un club de football quand on est nul ?

Nous avons eu cent fois cette conversation. Je trouvais le choix absurde. Il avait tant d'autres talents à dévoiler. Lesquels, répondait-il ? Être HP ? « Être HP, maman, ça fait mal et personne ne le voit. » Pour Thomas, savoir jouer au foot représentait une véritable émancipation par rapport au statut d'intello. Les champions du terrain souffraient de maux visibles (nez en sang, courbatures, fatigue…), qui possédaient une explication et un traitement, qui suscitaient de l'attention et de l'admiration, aussi. Or, pour les douleurs de HP il n'existait aucun programme de guérison. Jouer au foot était donc un bon moyen de trouver une place dans ce monde où la singularité n'était pas pardonnée. Les gens ne supportaient pas ce doute que la différence leur lançait au visage, cet air de penser autrement, cette manière de leur dire qu'ils se seraient éventuellement trompés, eux. Être différent, c'était accepter d'être seul. Les aspirations de Thomas le bannissaient des groupes. Et cela, il ne pouvait le supporter. Il trouverait un moyen, un moyen d'être gentiment pareil, un moyen d'entrer dans le moule, il deviendrait footement intelligent !

Puis-je lui en vouloir, moi qui m'acharne à vouloir devenir prototypement mère ?
Mais je suis furieuse, contre les autres, contre moi, contre ce coach idiot à qui j'avais proposé de faire de Thomas un arbitre (il aurait excellé dans ce rôle) et qui m'avait lancé un regard incrédule, furieuse

contre Thomas qui ne me laisse aucun répit, aucun moment à consacrer à Mattéo qui s'efface jusqu'à se rendre transparent, contre ces mères qui commentent secrètement le comportement capricieux de mon fils. Elles doivent se dire qu'il est jaloux. Se demander comment je tiens le coup. Pourquoi je ne l'ai pas encore noyé, pour en finir une bonne fois pour toutes. Sans leur regard, je me serais comportée moins élégamment, j'aurais hurlé sur le monde entier, sur Thomas qui hurle lui-même, pendu à mon bras. Mais je ne veux pas alimenter leurs futures conversations.

Je me raisonne en me répétant que la mère d'un enfant HP n'est pas autorisée à se plaindre, qu'elle doit se réjouir. Je me rabâche les mots des psys : « Ce n'est pas sa faute si son esprit prend des chemins étranges, si son cerveau suit une logique à laquelle personne ne prend part. » Je me dis qu'il veut juste être comme tout le monde. Qu'on ne s'attendrit jamais sur les enfants intelligents. Personne ne les fait monter sur un podium, personne ne les applaudit. Il n'y a que les John qui sont acclamés, qui peuvent s'offrir le luxe de courir les bras en l'air autour d'un terrain de boue pour savourer leur génie. J'imagine Thomas faire pareil dans la cour de l'école avec son magnifique bulletin. On le traiterait de vantard, de débile ! Dans sa petite école, on ne fait gloire des prouesses de personne, les vifs y attendent toujours les moins dégourdis. Au foot on exhibe les dons, on laisse les faibles sur le banc. C'est ainsi. Pas juste. Pas de bol !

Les gens qui n'ont pas d'enfants ne peuvent pas savoir ce que c'est que cette décharge torride qui me brûle le ventre quand je regarde mes bouts d'homme dormir. Cet amour ardent. Cette peur de les imaginer malheureux. Est-ce un sentiment pour un aventurier ? Qui peut braver les tempêtes et sauver le monde avec ce feu-là dans les entrailles ? Cet ouragan pire qu'un tsunami qui vous déracine à l'intérieur, vous fait faire tout et n'importe quoi, crier, courir à quatre pattes, chanter, rire et pleurer.

Bien que cette courte analyse viscérale démontre la stupidité de ma quête de mère parfaite – on ne peut être à la fois héros et atteinte de la combustion maternelle –, je me suis acharnée. Je voulais tenter d'autres pistes, d'autres échappatoires pour élucider ma difficulté à endosser avec brio mon affectation au poste de mère. Je menais l'enquête : devant ma feuille de dessin, en buvant un café, en faisant mes courses, à la sortie de l'école, pendant les dîners. Je me tourmentais comme une possédée, dévisageais le monde autour de moi, enchaînée à l'obsession de la découverte du nec plus ultra. Je cherchais la perle rare, allant jusqu'à toucher dangereusement à ma petite réserve d'espoir. Un moment, j'ai même cessé de rêver.

Mais j'avais trouvé Natalia.

Hitler hante mes nuits, à moi aussi. Quel horrible monde que celui-là !

Je me lève en me demandant si j'existe réellement. Et, si j'existe, pourquoi j'existe. Si la vie est juste un jeu cruel ou si on a une mission à accomplir. Quelle serait la mienne ? Quelle était celle de mon père ? La Grande Bascule y est-elle pour quelque chose ? En bien, en mal ?

Comme d'habitude, je me perds dans mes questions. Ça me fait bizarre, comme quand je pense à la mort. Alors je regarde les mots que je viens de lire et je me dis que s'ils existent, alors j'existe.

J'ai si mal dormi. Et les heures somnolées se sont perdues dans de mauvais rêves. Cela me rapproche de l'état de mon père quand il était enfant : absent au monde, à fleur de peau et incontrôlé. Bientôt je rentrerai entièrement dans sa peau. C'est la chance que me donne Mamiléa : me dérober au réel. Pendant le temps qu'il me faudra pour comprendre, la fiction deviendra ma vie et les sentiments de mon père seront les miens.

Je prétexte une course pour prendre l'aérotrain vers le centre-ville. Il est toujours bourré de monde le dimanche matin. Je veux cette promiscuité. Je veux abattre les barrières du contrôle que l'on m'a appris. Je veux, dans ma fatigue, retrouver l'agacement et l'isolement extrême que connaissait mon père à dix ans. Je laisserai mes sens se faire bombarder. Je ne compterai pas lentement jusqu'à dix si je panique, je ne respirerai pas profondément si la rage me prend, je ne détendrai pas mes muscles après les avoir contractés si je me sens nerveux, je ne passerai pas en mode pleine conscience si de vieux mécanismes non performants se mettent en branle dans ma tête. Je serai comme lui : une éponge offerte au monde.

Je marche dans le vert silencieux de ma ville. D'habitude, je marche vite, mais là, je ne suis pas pressé. Je suis farci d'espérance. Je vais vivre mon père.

J'imagine le bruit des voitures de l'époque, les odeurs de pollution. Je regarde le ciel. Et je vois mille ciels. Des tortues dans les nuages, des dragons rouges aussi. Je regarde le sol. Il y a de nombreux sols, des bruyants et des silencieux. Entre les deux, des jours clairs et des nuits sombres. À l'infini. Et moi au milieu du cercle, sans fin. Des mots, leurs couleurs, le bruit des murs et les odeurs des passants, le goût du vent, tout se bouscule et m'envahit. Je laisse faire, c'est un bon début !

Je passe sous le grand pont de métal blanc. Il me semble si long et si froid que les Inuits pourraient y chasser l'ours blanc. Sauf qu'il sent le foin séché au soleil d'été. Je me demande quel goût a le foin.

Est-ce que c'est bon ?

J'arrive devant la volée de marches qui mènent à l'aérotrain. Sur le quai de marbre blanc, le monde patiente. De petits groupes de jeunes qui parlent entre eux. Des conversations rapides et anodines. Je m'y sens totalement étranger. Je les devine me regarder bizarrement, comme du temps de mon père, juste parce qu'il dégageait quelque chose de différent dans sa manière d'être à la vie. Je me sens mal à l'aise. Je me dis qu'il aurait aimé être l'un d'eux : cool, dans l'air du temps. Heureusement, ils m'ignorent. Je peux jouer ma différence bien à l'aise. Je me figure que les filles plaquées de poudre bio sur les joues m'observent. Que le garçon qu'elles entourent, un poseur de premier ordre au QI consternant (sûrement un champion de foot !), se moque de moi et que les filles au teint pierreux rient avec lui. Que leurs ricanements frôlent l'hystérie. J'ai horreur des gens en groupe puisque je suis mon père, alors je regarde droit devant moi, je me perds dans le monde de son histoire. Fier d'y arriver, fier et terrifié. Je sens la tristesse et la colère monter. Je compte quand même jusqu'à dix pour ne pas hurler. Mes doigts sont serrés dans mes poches. J'ai envie de rentrer chez moi, de m'enfermer dans ma chambre, de déchirer *Zebraska*. J'ai envie de prendre mon père dans les bras.

L'aérotrain entre en gare. Mon cœur se rétracte comme un escargot au soleil. Je me demande ce qui se passe entre les gens normaux, comment ils savent de quoi il faut parler. Je monte. Je suis tout serré contre la vitre. La grosse dame qui m'écrase s'excuse, j'aimerais ne pas être obligé de lui faire la conversation. Sa main moite cogne la mienne. Je suis mon père. Je ressens tout. Je vois tout. Je ne résiste pas. Mes doigts sont comme une pieuvre folle contaminée. Et la grosse, ça ne lui fait rien. À penser que son corps ne vit pas comme le mien. Qu'il n'est pas encombré et perméable à tout, mais qu'il est juste une chose qui véhicule des actes. Le dégoût me monte à la gorge. J'ai terriblement chaud. Je me suis retourné. L'aérotrain glisse entre les immeubles couverts de mousse. Je tombe face à un grand type. Je ferme les yeux pour ne pas être obligé d'explorer l'intérieur de ses narines. J'entends une voix qui sort du chahut ambiant, elle répète que c'est super, que tout est super : ses vacances, sa vie, son chien. Je n'entends plus que ce mot. Je déteste le ton brun qu'il dégage. Je voudrais que le mot *super* ne fasse pas partie de la réalité. La dame forte m'écrase encore. Je ne supporte plus l'odeur qui s'échappe de sa peau. Un parfum acidulé qui me donne envie de vomir. J'ai mal à la bouche de lui sourire bêtement. Comme si mes dents étaient trop grandes et mon visage minuscule autour, mon cerveau tout tordu dedans.

Elle a de grandes oreilles. Si grandes que les miennes doivent ressembler à deux pucerons. J'ai envie de la pousser loin de moi. Elle me semble dénuée de toute espèce de sentiment – est-elle pour ou contre la peine de mort ? –, trop normale à suer comme ça, à parler à sa voisine du temps qu'il fait.

Je me sens seul. Et moche. Je veux voir quelqu'un que j'aime, lui parler de choses importantes. Tout le monde me manque. Tout m'oppresse, l'odeur, le bruit, la lumière. Je suis devenu quelqu'un d'autre et cet autre ressemble à la vérité. Je déteste la foule. Je pourrais m'avancer un peu. Mais je préfère rester là. Si j'avance, je me retrouve pile à côté du bouton d'alarme dont la protection est bancale.

J'entends le bruit des freins qui souffrent. C'est froid. L'aérotrain se fige. Je pense à Louna, à son parfum frais. Je n'aime pas les odeurs sucrées. Je n'en peux plus, il faut que je descende. La porte se referme, je me glisse dans la fente.

Dehors est vide. Trop tout à coup. Le contraste me gêne. Un gars est assis sur un banc. Je l'observe. J'analyse ses vêtements sales. C'est rare. Il s'en fout, ça se voit.

Depuis combien de temps est-il assis là ?

Je me méfie, pourtant il m'attire. La tristesse qu'il dégage me touche. Il pourrait faire de moi ce qu'il veut. Il ne me demande rien. Je lui glisse dans la main ce qui me reste d'argent de poche. Puis, je rentre à pied. Je me sens fiévreux, les sens en overdose. Je ne fais rien pour que cela change. Je veux aller jusqu'au bout de ce que mon père vivait au quotidien.

Je rentre chez moi. Je bouillonne. Comme dans une casserole à pression, le couvercle prêt à exploser. Maman me demande si j'ai trouvé ce que je cherchais. Je l'embrasse, comme si c'était naturel. Comme si quelqu'un me regardait faire pour vérifier si j'agissais bien. Je contiens tous les efforts consentis pendant la matinée. J'aimerais monter dans ma chambre, mais ma mère me retient. Elle me sermonne gentiment à cause de la veste que j'ai déchirée la veille sans lui en faire part. Le son de sa voix me crispe. J'ai l'impression qu'elle hurle, qu'elle fait éclore d'un coup toute l'agitation accumulée, toute cette fureur réprimée. Je brûle, il faut qu'elle se consume avec moi, que je ne sois pas seul dans mon désarroi. Je lui dis qu'elle ne m'aime pas, qu'elle doit arrêter de crier.

Elle reste figée, me dévisage les yeux humides. Je voudrais la serrer fort, lui expliquer ce que je ressens, mais quelque chose en moi refuse. Ça bloque. C'est confus. Comme si l'unité centrale de mon ordinateur personnel buggait parce qu'il y avait trop de fenêtres ouvertes en même temps. Je n'ai plus de place pour réfléchir. Je lui en veux. M'en veux. Je suis mon père, elle est Mamiléa.

Jusqu'où me mènera cette histoire ?

Je claque la porte de ma chambre. Les feuilles sur mon bureau sont mal rangées, j'en déchire une, puis toutes les autres, histoire de ne pas faire de jalouses. Je me déteste pour ce geste. Je deviens furieux. Je me tords sur mon lit et j'éructe d'horribles jurons contre l'humanité. Je suis pathétique. Je veux juste clamer mon trouble. Mais je ne sais pas y faire. C'est comme si quelqu'un d'autre avait pris possession de moi. Ça va trop loin. Je pleure jusqu'à l'épuisement. Je m'endors.

Est-ce que cela fait de moi un monstre ?

Je me suis mis dans la peau d'un autre, pour la première fois. Pour la première fois, quelqu'un m'a manqué. Pour la première fois, j'ai bouleversé mes automatismes au service d'une cause. Pour éprouver. Je me sens triste à présent, vidé, mais tout n'est pas déplaisant dans cette mélancolie. Je suis atteint d'une sorte de vertige qui me sort de la monotonie. Tout l'or du monde n'achèterait pas cette aventure. J'ai vu tellement de choses ce matin.

Écrire quelques lignes me réconforte. Les glisser entre celles de Mamiléa me fait sourire, car elles détiennent le pouvoir de manipuler les tourments avec fantaisie. La vie peut se lire comme une histoire drôle. Il faut juste accepter de mettre sa conscience en perspective. *Zebraska* est l'écho de la mienne. Ce livre n'a pas d'âge. Il possède un pouvoir indicible qui tient de l'immortalité. Je suis soudain inquiet à l'idée qu'il ne possède qu'une centaine de pages.

Et je sais qu'il me faudra y trouver une vieille histoire cachée.

Zebraska

*Je l'avais senti. Je le sens toujours. C'est comme une histoire d'ondes entre nous. Il n'a pas besoin de dire, de grimacer, de râler. Non, il a même le droit de sourire, de faire comme si tout allait bien. Je sais. Je sais le tremblement de terre en préparation. Et cette secousse latente m'atteint comme un coup de poing en plein sternum. J'ai beau faire diversion :
« Eh Thomas, j'ai préparé ton repas préféré », ou « Je t'ai acheté une nouvelle maquette à construire », je connais la fin. Ça va péter ! Laissant Abigaëlle à ses vices cachés et ses répliques toutes faites, je me concentre sur l'image de ma nouvelle égérie. Natalia m'apparaît à demi nue, assise en tailleur sur une feuille de lotus, parfaitement muette et décontractée. Un état proche de l'extase mystique que je ne me sais capable d'atteindre qu'après avoir fumé trois joints de marijuana, expérience que je n'ai, d'ailleurs, jamais tentée. Je resterai donc « cool » quoi qu'il arrive. Je serai à l'écoute de son tumulte, mais tranquille comme l'eau qui coule. Silencieuse et forte face à sa peur, car c'est bien la peur qui domine mon fils. Pour survivre, j'imaginerai : une mer azur, un champ de blé fouetté par la brise...*

Bref, je serai un exemple de zénitude et cette attitude déteindra sur Thomas.

— Tu vois, maman, le feu est à nouveau rouge pour nous !

La voix est aiguë, trop forte pour communiquer dans un habitacle restreint. Agacée.

Ça y est, c'est parti, *me dis-je en respirant comme un yogi, les doigts tout souples sur le volant. Silence.*

— Oh non, c'est pas vrai. Encore rouge. C'est fait exprès ou quoi ? On n'arrivera jamais à la maison. C'est toujours sur moi que ça tombe.

Il y a du tremblement dans la diction, de l'excitation dans les gestes.

— Sur moi aussi alors !

— Non, c'est sur moi que la malédiction s'acharne.

Je crispe un peu les doigts sur le volant. Respirer !

— Regarde Thomas, c'est déjà vert !

— Je te parie que le suivant sera rouge. Comme le vent ce matin sur mon vélo. Le vent soufflait sur moi et je suis arrivé le dernier au sommet de la côte.

— Mais enfin, Thomas, le vent était le même pour tout le monde !

Je sais qu'il va faire de cette poussière une montagne, mais je sais aussi qu'un silence absolu le rendrait plus fou encore.

— Voilà, toi aussi tu t'y mets, tu prends leur défense.

Le ton est monté d'un cran. Je détends les muscles de ma nuque. Il y a des tas de nerfs cachés là-dedans que je ne soupçonnais même pas avant Thomas !

— La défense de qui ?

— Des autres, ceux qui trichent, ceux qui mentent, ceux avec qui tout le monde est gentil. Ceux qui *croient que le dauphin est un poisson. Ceux qui disent que j'ai un ordinateur dans la tête.*

Thomas geint, s'affale sur son siège, glisse sous sa ceinture de sécurité. Je sais qu'il m'attend au tournant, qu'il cherche un prétexte à la crise. Un mot, une allusion impardonnable de ma part qui lui donneraient le droit d'exploser. C'est pareil à chaque fois. Le fardeau de sa journée devient lourd à porter, il me le passerait bien. À moi, victime rêvée. Proie que l'amour rend si facile à blesser.

Je pense à Natalia. J'essaie de sourire à l'intérieur. Le voilà qui commence à martyriser l'appuie-tête. Il le malaxe, le frappe, le griffe. Embrasse la manche de son pull. Cogne son crâne contre la vitre, de façon lente et molle d'abord puis de plus en plus vite, de plus en plus fort.

Le bruit, la tension m'oppressent.

J'ai du mal à respirer, mais je ne le somme pas d'arrêter. Selon Natalia, il devrait trouver sa limite lui-même.

— Thomas, s'il te plaît, calme-toi. Je ne vais pas m'énerver. Tout ça n'a pas de sens.

Il plaque les paumes de ses mains sur ses oreilles. Il crie :

— Arrête, arrête, s'il te plaît arrête !

— Arrêter quoi, Thomas ?

— De toute façon, tu t'en fous. Tu ne m'aimes pas. Et moi, je te hais. Je ferais mieux de me suicider.

Je suis tétanisée. J'ai envie de le frapper. Ne pas pleurer. Respirer.

— Thomas, tu es injuste et tu le sais.

Nous sommes arrêtés au feu suivant, je le fixe dans le rétroviseur. Il a ce regard fou et fuyant. Il régresse, suce son pouce en éructant un charabia ridicule. Il me fait peur. Je ne montre rien. Il fulmine en jetant sa tête plus fort contre la vitre, comme pour détourner sa détresse vers une autre douleur, moins pénible à ses yeux. Ça y est, lentement je glisse : j'ai la patience en sous-emploi. Et d'un coup, ma joie de vivre s'apparente à celle d'une framboise perdue au milieu d'un sac de patates. Il réussit toujours. C'est sa manière de me prendre la main, de créer un lien. Thomas hurle encore. Ma voiture n'est qu'un cri contre lequel je ne peux rien. Je vais craquer. Même Natalia sur son lotus s'est bouché les oreilles !

— *Thomas, je vais compter lentement jusqu'à trois. Et à trois, tu cesseras de crier. Un... deux... Thomas, si je dis trois, je serai obligée de te punir. Il faut que tu arrêtes maintenant.*

Il me regarde. Peut-être même qu'il sourit. Il sait que je n'ai pas envie de dire trois. Que j'ai ma dose. Je sais qu'il n'a pas envie d'être privé d'ordinateur.

— *Deux et demi...*

Il me regarde dans le rétroviseur en poussant ses petits cris stridents. Mes yeux le supplient, mais je ne céderai pas dans les mots. Les siens, si sombres, si beaux, semblent me dire : « Vas-y, mais vas-y donc, dis-le ce trois, si t'es cap ! »

— *Et trrrrrr...*

Il se tait. Je tremble.

— *Tu as gagné. T'es contente ?*

Je suis à deux doigts d'éclater : pleurer, rugir, lui en vouloir à lui, à moi, à l'univers. Lui ressembler en somme. J'ai atteint le bout de ma tolérance, l'aube de ma fureur. Il le sait, je le vois dans cette sorte de grimace installée dans sa tristesse. Il n'est plus seul, c'est lui qui a gagné !

Dans mon corps, le volcan gronde si fort qu'il n'y a plus lui d'un côté et moi de l'autre. Non, je suis ce volcan. Je ne suis plus que lui. Je sais Thomas dans le même état. Le calme revenu dans ma Mini break n'est qu'apparent.

À la maison, Mattéo nous guette.
— Maman, youpi, t'es là ! Thomas !
C'est un bonheur de l'entendre. Ses mots sont des perles. Thomas jette son cartable contre le mur et trébuche dans son geste. Mattéo rit. Thomas le fixe longuement de ses yeux noir corbeau, la mâchoire serrée, puis il s'approche de son frère sans le quitter du regard et il lui dit :
— Je vais te tuer !
Et là je panique. Je guette Natalia, mais elle a plongé de son lotus et nage maintenant sous l'eau, à l'abri de l'orage. Alors, je beugle :
— Tu es monstrueux, Thomas. Monte dans ta chambre ! Tu es privé d'ordinateur tout le week-end !
Il me regarde, droit dans les yeux :
— Tu vois, toi aussi tu as du mal à te maîtriser.
Sa voix mouillée se perd dans l'escalier en colimaçon :
— Tu préfères mon frère. Tout le monde est contre moi.
Et la porte de sa chambre claque.

Pour Thomas, la vie est devenue un combat. Pour moi, une fragilité. Je caresse les cheveux de Mattéo qui s'est réfugié dans mes bras :
— Bien sûr mon chéri que ton frère ne pense pas vraiment ce qu'il dit.
En suis-je si sûre ?

Je m'installe sur une chaise de cuisine, au milieu d'un amoncellement de papiers, de miettes et de vieille vaisselle sale. Ma maison ressemble à celle de Natalia : bordélique ! Pas du tout mon genre. Mattéo éteint l'écran de mon ordinateur. Il a mal à la tête. Il y a joué trois heures, ce matin. Il a trouvé sa limite ! J'ai laissé faire, comme Natalia. Il grimpe sur mes genoux. Cache son nez dans mon cou. Ses cheveux sentent le soleil et sa peau, la soie.
— *Maman ?*
Sa voix me traverse.
— *Oui, Mattéo ?*
— *J'aimerais que tu redeviens comme avant.*
Tout ce qu'il dit est si joli.
— *Que je redevienne comme avant quoi ?*
— *Comme avant que tout est en désordre.*
Je fonds !
— *Tu préfères quand la maison est en ordre ?*
Il réfléchit…
— *Voui !*
— *Et quand je mets des petites règles ?*
Je sens sa tête qui fait oui dans mon cou.
Trois minutes de tendre armistice.
C'est court trois minutes.

« *Vous allez déguster avec Thomas* », *m'avait dit le pédiatre. Voilà, j'étais prévenue. Je ne tiendrais pas. Le pire c'était sa souffrance, le pire c'était mon impuissance, le pire c'était la virulence sans cesse décuplée de ses crises, le pire c'était la peur de ne pas en sortir. Tous les remèdes possibles avaient été mis en place : les psys, les ostéos, les kinésios. Ce serait lent, ils me l'avaient tous dit, ce serait lent. Et la lenteur ne nous allait pas, ni à Thomas ni à moi. Lui était comme une bouteille de nitroglycérine, prêt à exploser à la moindre contrariété. Moi, un superbe détonateur.*

À deux on était capable de faire péter toute la planète.

Après cette folle journée où j'ai joué à être mon père, je demande pardon à ma mère. Elle me caresse la joue. Elle me glisse dans le creux de l'oreille : « Ce n'est pas grave. » J'ai l'impression qu'elle aussi connaît ces choses que j'ignore.

Puis, je passe voir mon père. Il écoute de la musique face à la baie vitrée du salon, assis dans son fauteuil en forme de chrysalide. Ses yeux mi-clos expatriés par-delà nos potagers en terrasse m'incitent à inverser mon élan. Cela m'arrange bien pour finir. Tout ce mystère qui plane autour de sa présence. Ce mystère que je me suis mis en tête de découvrir. Malgré ma petite expérience de mimétisme, j'éprouve toujours autant de mal à l'aborder. Je l'examine. Je crois qu'il y a de l'admiration dans l'amour, puis le désir intense de décrypter le secret de cet attachement. Et aussi un peu de tristesse, quand on mesure à quel point on ne résoudra jamais entièrement l'énigme. La réalité est parfois douloureuse. J'ai passé quinze ans auprès de mon père. Et une même question me ronge toujours : que cache-t-il derrière ce regard aigre-doux ?

J'ai déjà entamé mon repli de couard lorsque sa voix arrête mon pas :
— Salut Martin ! Il y a longtemps que tu n'es plus venu t'asseoir près de moi !

L'ai-je déjà fait ? Car aucune image de nous assis côte à côte face à l'horizon ne me vient à l'esprit. Trois minutes se sont déjà écoulées. Le silence ne le gêne pas, moi oui. J'ai tellement de mots dans la tête, préparés pour lui et là, plus rien. Est-ce que quelqu'un pourrait me rendre mes mots ? S'il vous plaît !

Je m'assieds dans l'autre fauteuil chrysalide, tout près, à sa droite. Il pose sa main sur la mienne, je tressaille. C'est chaud et agréable. Six minutes de silence déjà. C'est flippant !

Enfin il brise la mer gelée entre nous. Gelée depuis quand ? Nous étions proches quand j'étais petit. Il aimait chanter avec moi, du rap, une musique un peu naze de son époque qui me massacrait les tympans, mais j'aimais ça.

Il me demande ce qui me préoccupe tant. Je ne sais pas par où commencer. Il me dit :
— Tu sais, tout le monde a ses jardins secrets. Des choses dont on est fier, d'autres moins. Parfois on a besoin de les ouvrir, c'est bien aussi, ça agrandit le champ de vision. J'aimerais bien, moi, qu'on en ouvre quelques-uns ensemble.

Ce que ça me fait ? L'effet d'une pierre brûlante qu'on m'aurait jetée dans les bras. Je ne sais qu'en faire. Je la sens me calciner. Elle m'empêche de parler. Je regarde l'horizon. Je sens ses yeux posés sur moi. On reste comme ça, cent quarante-cinq secondes environ !

— Pourquoi tu aimes les lignes droites, papa ?

Là c'est lui qui regarde loin à travers la vitre.

Ai-je posé une question idiote ? Ça me plairait de tout effacer, de faire marche arrière. Mais il n'y a que quand on écrit qu'on peut faire disparaître les mots. Qu'on peut se retrouver en terre étrangère à la fin d'une phrase. Et voir le monde comme on voudrait qu'il soit. Dans la réalité, tout est différent. Ce qui est dit est dit ! Et la langue française a tout prévu pour en décrire les conséquences : émotion, tristesse, gêne, bonheur, blessure, et autres emmerdes en tout genre.

Il y a ce fameux reflet sucré-salé dans ses yeux et il me répond :

— J'ai commencé à tracer des lignes quand j'étais petit. Je ne sais pas pourquoi. Je sais juste qu'elles m'aidaient à vivre. Que construire des hauteurs infinies me procurait du plaisir. J'y voyais une sorte de pureté magnifique que personne d'autre ne semblait percevoir.

— Tu penses que quelque chose décide pour nous ? Je veux dire... qu'on est prédestiné ?

— Je crois que, d'une manière ou d'une autre, on a un rôle à jouer. Chez certaines personnes il est peut-être plus clairement établi. Tu sais, je ne pouvais pas m'empêcher de les tracer, ces lignes, même si elles n'avaient de sens que pour moi. Les autres les trouvaient simplement belles, moi elles me racontaient que la vie valait la peine d'être vécue.

— Et qu'elle ne dépendait que de toi ?

Il ne répond rien. Il n'y a rien à répondre.

Je comprends que tracer des lignes a été l'acte de liberté le plus important de la vie de mon père, comme, peut-être, l'écriture de mes premiers mots sur le papier.

Son silence ne me gêne plus. Nous venons d'établir entre nous un langage secret, peut-être celui qui existe entre les êtres qui se ressemblent, car, j'en suis convaincu à présent, ce qui nous a toujours séparés, mon père et moi, c'est que rien ne nous sépare vraiment.

Je suis le roi du monde !
Allez, du quartier peut-être.
De ma chambre en tout cas.

Zebraska

Ma grande amie Victoria me rend visite à l'improviste. Elle enjambe d'un air perplexe les vestes et les chaussures répandues sur le plancher du hall d'entrée, et se retrouve dans la cuisine, en tête-à-tête avec mon nouveau tableau noir qui n'évoque plus, comme le mois passé, les tâches de chacun avec une cotation sur 10, mais un dicton emprunté au Post-it du frigo de Natalia : « Vise la lune, tu finiras au moins dans les étoiles. » Elle grimace. Comme Mattéo, elle semble émettre quelques doutes quant à ma nouvelle façon de voir les choses de la vie.

— C'est quoi cette débilité ?
— Quelle débilité ?
— Ce plagiat massacré d'Oscar Wilde ?
— Ah ça ? J'aime bien, moi, ça me fait rêver !
— Tu aurais pu mettre la phrase originale au moins.
— Oh Vic, t'es pas cool !
— Pas cool ? T'as vu ce bordel ? M'enfin Léa, qu'est-ce que t'as ?

J'enclenche mon CD, celui des chants tibétains, celui qui glorifie un peu ma nouvelle manière de penser. En plus, c'est un cadeau de Vic !

Elle me dévisage, subjuguée.

— *Léa, je t'ai offert ce CD pour rire, pour que tu l'écoutes dans ton bain, histoire de te détendre. Je ne pensais pas que tu te le passerais en boucle !*

— *Tu sais, la modulation des sons et des voyelles dégage plusieurs fréquences harmoniques en même temps, et si tu ne le ressens pas directement, ton corps le ressent. Elle te permet de retrouver ton axe vertical Terre-Ciel. Beaucoup de sérénité.*

— *Beaucoup de conneries, oui !*

Mon amie arrache avec une douceur déterminée la prise du lecteur.

— *Tu n'as quand même pas triomphé de l'emprise de cette cruche d'Abigaëlle pour sombrer dans le bobo-beatnik ? Fais gaffe, Léa, tu commences à m'inquiéter !*

À ces mots, la pelote d'angoisse enroulée dans ma poitrine culbute au-dehors d'un coup. Je me mets à sangloter.

— *Eh, ma Léa, doucement, je ne t'ai pas dit que tu étais piquée non plus !*

— *Pardon ! C'est juste un coup de mou. Je me sens vidée, toute sèche à l'intérieur. Comme si j'étais transparente. Ça me fait mal. J'ai l'impression d'avoir des trous partout et que ma joie se fait la malle. Tu vois ? C'est comme une grosse suée. Bientôt je n'aurai plus d'eau, plus de joie, plus rien du tout.*

— *Aïe, aïe, ma puce, coup de blues ! Tu nous ferais pas une petite dépression ? Depuis quand tu te sens comme ça ?*

Je suis prête à me confier. Enfin ! Mais de là à lui répondre : « Depuis qu'un jour Thomas a fait pipi sur le plancher »... il y a des limites à l'aveu !

— *Je ne sais pas vraiment… c'est Thomas, je crois, tu sais, ce n'est pas un petit garçon comme les autres et…*

— **Ah ça, les préados, rien de pire ! Et je sais de quoi je parle ! Et si on se faisait un petit dîner entre bonnes vieilles amies ? Hein ? Ça te ferait du bien !**

Après le départ de Victoria, je range la maison. Deux garçons, ça vous promène de la buanderie à la cuisine sans concession. Dans l'état actuel des choses, cette réalité monotone tient du privilège. L'irrésistible nonchalance de Natalia ne me va pas, je m'en rends bien compte. Je n'ai pas le chic du laisser-aller. M'occuper les mains érode mes angoisses. Faire ce qu'il y a à faire dans une maison m'est à la fois ennuyeux et capital. Câliner, mettre de l'ordre, préparer le repas, encourager, consoler, gronder, superviser les devoirs, brancher le lave-vaisselle, brosser les cheveux, se révèlent soudain utiles à mes yeux. Alors, je trie. Je classe. Je suis une maman qui se veut utile. Exigeante et aimante. Tel est mon devoir. La vie n'est rien sans ces efforts.

Pas de nouvelles de Thomas depuis cet après-midi, juste le bruit de ses pas qui m'assure qu'il ne s'est pas jeté par la fenêtre de sa chambre !

Laisse-le venir à toi, me dirait Natalia. Et s'il ne venait pas ? S'il ne venait plus, si je l'avais perdu ?

Je frappe à sa porte. Rien. J'entre quand même. Thomas lit. Il ne m'entend pas. Il est détaché du monde. J'ai envie de le rejoindre, d'avoir suffisamment d'imagination pour ça. Je m'assieds sur son lit, tout contre lui. J'attends. Il dégage une main pour la rouler dans la mienne. Nous regardons ensemble

Barbe Rouge voguer sur la mer des Caraïbes. Mais nous ne sommes pas sur le même bateau. Thomas lève enfin les yeux sur moi : « Pardon maman ! » C'est une excuse franche, la voix n'est plus détrempée. Elle a comme un air de me dire : cela ne se reproduira plus. Mais elle ne le dit pas. Nous savons bien, tous les deux, que nous revivrons ces instants. Il me dit qu'il se déteste, qu'il aimerait être différent, mais que c'est plus fort que lui. Il me dit qu'il ne sait pas comment s'y prendre avec la vie.

— Moi non plus, Thomas, je ne sais pas toujours comment y faire. Personne, je crois !

Il me dit qu'il aimerait ne pas avoir de corps. Que ça le vexe quand je défends les autres. C'est comme si je l'abandonnais.

— Mais, je ne défends pas les autres ! J'essaie juste de trouver un moyen de t'expliquer comment ils fonctionnent, eux, et comment toi tu pourrais...

— Dis maman, si je ratais ma vie ?

— Pourquoi voudrais-tu rater ta vie ?

— Je suis incapable de suivre les conseils.

— Ça viendra !

— Et si j'étais pauvre ?

— Nous serions là !

— Et moi, à quoi ça sert que je sois là ?

— Un jour, tu sauras ! Dis, tu connais Edward Teach ? C'était un pirate, plus connu sous le nom de Barbe Noire...

Je parlais peu à mes proches de mes soucis avec Thomas. Je gardais pour moi ce trouble que j'espérais passager, préférant lui coller des idées toutes faites provenant de mères inconnues aux allures de gourou. Je laissais aux psys et autres matadors le choix des mots pour guérir. Je pense que j'avais peur d'ennuyer mes amis avec mes histoires de gosse trop malin, peur qu'ils ne comprennent pas l'enjeu, ne mesurent pas l'ampleur du sujet, et qu'ils prennent mon appel au secours pour un larmoiement de bourgeoise idiote.

Bien sûr, je rêvais ma vie autrement, plus joyeuse, moins solitaire... Oui, j'avais envie que Victor quitte l'Afrique. J'aurais voulu qu'on soit ensemble tous les jours, qu'il dorme avec moi toutes les nuits, qu'il ait son café à table tous les matins. J'aurais voulu des samedis qui sentent le croissant chaud, et son parfum dans la maison. Ses chatouilles pour Mattéo et sa patience pour Thomas. Non, je ne voulais pas échapper au programme, je voulais simplement que la réalité ne prenne pas le dessus. Et la solution n'était sûrement pas de la laisser faire, même si elle était égoïste et aveugle. Et que Thomas s'y sentait aussi mal que moi. Il fallait résister et cela exigeait une solide dose d'énergie. Je devais trouver quelque chose qui rende cette réalité plus drôle. Quelque chose qui cloue le bec à ceux qui croient qu'il ne faut pas rêver. Un truc ! Mais quoi ?

Toi, Marty, tu as déjà compris que je ne tiendrais pas plus que quelques pages à ce rythme-là, n'est-ce pas ? J'avais fait des efforts pourtant : je marchais désormais en tentant d'éprouver le simple plaisir d'exister, je tombais en admiration devant les écureuils du jardin sans penser à Thomas accroché à un arbre, je m'efforçais à croire en la fatalité, ce qui amenuisait considérablement mon pouvoir d'influence sur le cours des choses. Bref, je versais silencieusement dans une confortable résignation.

Je menais ma vie au premier degré : admirer, laisser faire, ne pas s'inquiéter. Mais je restais infoutue d'être gaie ! Je me proposais des choses, je les mettais en route. Ça durait toujours quelques semaines, puis lors d'un dîner, d'une course, d'un film idiot, j'éprouvais subitement tout le ridicule de ma situation. Tout ça manquait cruellement de sens. D'authenticité. Pire, d'originalité.

Je vais parler à Victor, *me disais-je à chaque fois. Lui demander de tout quitter là-bas. Lui dire qu'il a une occasion magnifique de manifester son amour. Je vais le prier de rétablir l'élasticité de mon humeur. Il s'agit d'une chose très facile à exprimer :* « Victor, pourrais-tu, s'il te plaît me rembourrer de gaieté ? Allez, rentre à la maison, Victor ! »

J'ai trouvé la phrase originale d'Oscar Wilde : « Il faut toujours viser la lune, car même en cas d'échec, on atterrit dans les étoiles. » J'apprends, par la même occasion, qui était ce bonhomme. Et je me demande s'il était plus pénible d'être homosexuel en 1884 ou HP en 2015 ! S'il avait eu envie de ne plus avoir de corps, lui aussi. S'il s'était senti, comme Thomas, si envieux de l'impossible insouciance des autres, de leur inaccessible bonheur d'appartenir à la conformité, qu'il aurait été prêt à plier bagage définitivement.

Tout en effectuant mes recherches, je sens que quelque chose me reste en travers de la gorge. J'aimerais fouiner dans *Zebraska* pour voir si le malaise vient de là, mais je n'ai plus le temps.

Il m'arrive souvent de me sentir bizarre sans savoir pourquoi. La réponse me vient toujours plus tard, sans crier gare. Comme si mon cerveau continuait à chercher sans moi et me rappelait à l'ordre lorsqu'il avait trouvé.

Je quitte ma chambre. J'arrive dans la cuisine, mes parents se taisent. On ne me la fait pas, je sais qu'ils parlaient de moi. Mon père a beau être un virtuose du camouflage, je sens ces choses-là. J'ai envie de le lui faire remarquer, mais il réussirait à me parler d'astronomie, de littérature, de la couleur du ciel ou même des lépidoptères d'Afrique en voie de disparition en y mettant le ton d'un avocat en pleine plaidoirie. À 8 heures du matin, il ne faut pas exagérer ! M. Leduc appelle cette esquive verbale l'art du discours. Question art, j'ai un faible pour les expos temporaires. Avec mon père, on fait toujours dans le permanent.

Et là, il se passe quelque chose de bizarre.

D'abord, il me sert mon jus d'orange, ce qu'il ne fait jamais, puis il me tend une enveloppe. Encore du papier. Après *Zebraska*, je crains le pire. Ma mère me regarde avec son sourire qui arrose et je souris, moi aussi, sans le vouloir vraiment. J'ouvre l'enveloppe et je me statufie.

Les mots me manquent, les bras m'en tombent encore plus bas. J'ai une irrésistible envie de pleurer, mais je contiens tout. Je dresse un paravent autour de moi et cache mon trouble derrière, comme le fait si bien mon père, parce que je suis presque un homme maintenant.

Les émotions encaissées de plein fouet, quand on n'a pas l'habitude, c'est corsé à gérer. Ils ont tapé dans le mille. Ce n'est plus Noël, ce n'est pas encore mon anniversaire, alors je demande :

— P... Pourquoi ?

Et mon père répond :

— Comme ça !

Ils m'offrent le plus beau cadeau du monde pour rien ou peut-être parce qu'à leurs yeux, pour finir, je le vaux bien.

La loi ne permet qu'un voyage en avion par an et par famille et, cette année, il est pour moi. Je vais prendre l'avion pour la première fois !

Je ne suis pas arrivé à avaler mon poisson. Mon corps est habité par un trop-plein d'une chose qui ne laisse la place à rien d'autre. Et je me dis que, maintenant que je griffonne un peu sur papier, ce serait bien de créer mon dictionnaire personnel avec ces mots qui déclenchent le brasier en moi. Je commencerais par *amour*. Parce que, dans le fond, c'est exactement ce qu'ils viennent de m'offrir.

Y penser me redonne l'envie de pleurer.

Dans ma tête, j'écris :

L'amour, c'est fort.
L'amour, c'est gratuit.
L'amour, c'est l'odeur de sa peau.
L'amour, c'est la peur de perdre.
L'amour, c'est chercher la vérité sur son père.
L'amour, c'est aussi compliqué que d'expliquer
pourquoi, à cause de sa vision trop élaborée,
l'homme de Néandertal n'a pu développer
sa sociabilité et aurait, pour cette unique raison,
disparu de la terre
*alors qu'*Homo sapiens, *qui...*

— Martin ! Martin !

Mon père me ramène sur terre. Je terminerai mon dictionnaire plus tard. Ce matin, il a rendez-vous à l'extérieur, alors, après avoir embrassé maman, on quitte l'appartement ensemble. Dans la rue, nous marchons une centaine de mètres côte à côte. Mon bras frôle le sien et ça ne me gêne pas. Nos routes se séparent et, même si je mesure combien c'est ringard à mon âge, je le serre dans mes bras et, au creux de son oreille, je dis ces mots si difficiles pour moi : « Je t'aime, papa. »

C'est un lundi et, non seulement, les lundis ressemblent à des tunnels, mais, en plus, ils démarrent avec deux heures de M. Leduc. June est déjà installée quand j'entre en classe. Très vite, mon émoi bascule de l'excitation de prendre l'avion à un tout autre genre d'effervescence. Elle porte une robe courte, bleue, avec des fleurs, qui laisse entrevoir ses jolies cuisses et révèle des seins d'une rondeur troublante. Tout en elle n'est qu'ellipses et paraboles. Cette fille résume à elle seule tout mon cours d'astronomie.

Pourquoi me fait-elle cet effet-là ?

Bien que mon pouls s'emballe, laissant penser à un lien direct avec le cœur, j'opte plutôt pour une explication en rapport avec le cerveau. C'est tout de suite moins romantique. Quoique ! Le cours de biologie débute en quatrième heure, je pourrais demander à Mme Blomme, si l'occasion se présente.

Il faut être complètement HP pour imaginer des trucs pareils. Et ça me fait repenser à mon dictionnaire personnel.

Un ado HP, c'est un miracle sens dessus dessous.
Un ado HP, c'est un miroir qui nous reflète trop.
Un ado HP, c'est une pilule qui fait sentir
le monde.
Un ado HP, c'est une histoire qui commence mal.
Un ado HP ne bâille pas, il réfléchit !
Un ado HP crie comme les autres (en plus fort)
et ça les ennuie, bien fait pour eux !

HP, je songe immédiatement à mon père et à *Zebraska*. Puis à cette phrase d'Oscar Wilde que je récite à June d'entrée de jeu, en guise de bonjour.

Je suis surpris par cette irruption inattendue, parce que, si on me trouve un jour une grande qualité, ce ne sera sûrement pas l'audace séductrice. Puis ce n'est peut-être pas exactement le genre de chose à déclarer à une fille qui nous plaît. Ceci dit, ma bravoure la fait rire.

Elle pose sa main sur le siège à côté du sien et y tapote ses doigts comme pour m'inviter à m'y asseoir rapidement. Ce tout petit geste me donne confiance, et je lui explique qui était Oscar Wilde.

Cette histoire l'intrigue follement :

— Waouh, c'est dingue ! Il est né il y a super longtemps !

— Ouais, bien avant La Grande Bascule...

Je vois à ses yeux que je viens de marquer des points. Alors, pour que mes mots traduisent l'idée d'une confidence de la plus haute importance, je lui chuchote :

— Une période pleine de mystères...

— Mais comment tu sais ces choses d'avant, Marty ?

— C'est ma grand-mère. Elle me soûle avec des citations de gens morts du matin au soir.

C'est un mensonge, bien sûr, mais je refuse toujours de glisser sur le terrain de *Zebraska*, même si j'ai peut-être là un inégalable outil de séduction.

— Des gens morts ?

— Oui, et quand elle s'y met avec ses vieilles phrases, c'est même pas la peine de résister !

June jette ses cheveux vers l'arrière, elle rit à nouveau, puis, brusquement, redevient très sérieuse :

— Elle te raconte des choses du passé ? Elles ne te font pas peur ?

— Non, elles sont passionnantes !

— Tu as une chouette grand-mère.

J'acquiesce. Ça, ce n'est pas un mensonge.

C'est prodigieux de voir à quel point partager des histoires rapproche. Bien plus qu'échanger à propos d'un sport, du penchant pour certaines fringues ou pour un jeu cybernétique. Les histoires touchent à une autre dimension. « Une autre dimension », mon père m'avait prévenu pourtant !

Pendant que June me parle de sa propre grand-mère – qui a l'air nettement moins drôle que la mienne –, j'ai tout le loisir de la dévisager sans paraître trop lourd. Je suis totalement sous le charme. Son rire, ses mots, son visage, mais aussi son corps, où mes yeux finissent toujours par se perdre malgré mes sempiternels rappels à l'ordre. Je ne sais pas pourquoi, mais je me souviens de la première fois où j'ai embrassé Louna. Je m'étais appliqué, m'attelant à tourner à vitesse constante ma langue autour de la sienne. Après un moment elle m'avait demandé de faire une pause, elle allait étouffer ! Puis, avec le temps, j'avais appris à l'embrasser sans plus réfléchir.

Je me demande comment ce serait avec June, si je devais insérer les courbes de ses lèvres et la douceur de sa langue dans une équation à deux inconnues, puis où je mettrais mes mains aussi.

Quelques instants plus tard, M. Leduc entre dans la classe comme un boulet de canon. J'ai fait rire la plus jolie Canadienne, je vais prendre l'avion, alors rien, même pas lui, ne pourra assombrir ce lundi matin. June est maintenant concentrée sur les babillages du professeur. Et moi, dans le fond, je ne suis plus tout à fait certain d'être entièrement d'accord avec ce vieux poète d'Oscar Wilde. Parce qu'à force de viser trop haut on finit forcément par se crasher. Le résultat, c'est la terre ferme, un environnement rigide et qui sent le géranium. Mamiléa, avec ses ambitions de mère idéale, elle en avait mangé des tonnes (de géraniums). Alors qu'en rêvant un peu, en visant juste en dessous, elle aurait pu...

Quand j'entre à voix haute dans ce genre de débat, à savoir fort souvent, M. Leduc me traite d'éristique. Avant l'histoire du cunnilingus et de mes points en chute libre, j'avais toujours pris le qualificatif pour un compliment. Mais depuis que *Le Petit Larousse* est un bon copain, j'en suis moins certain. Exceller dans l'art de la controverse est-il un talent ? D'ailleurs qu'est-ce que le talent ?

Alors, évidemment, ce qui devait arriver est arrivé. Me sentant rêveur, M. Leduc m'envoie devant la classe pour une improvisation en solo : « Le professeur doit-il uniquement se donner pour but de distraire ? » L'initiative plonge mes compagnons dans un fabuleux éclat de rire. Et même s'il vaut mieux faire rire que pitié, j'en oublie ma légendaire créativité et ma langue jamais dans sa poche, je confonds distraire et ennuyer et je me fais ramasser. Je retourne à ma place, écœuré, poursuivi par la voix de M. Leduc :

— Je vous mets un 2 sur 10, pour votre salive et l'effort déployé pour vous extraire de votre chaise.

— Merci beaucoup, dis-je, avec un brin d'ironie dans la voix.

— Mais qu'est-ce que vous avez ces derniers temps, monsieur Leroy ?

— Quinze ans, monsieur Leduc !

Il sourit quand même. Ensuite, June me dit que je suis drôle et que c'est la chose la plus importante au monde. Du coup, mes points, c'est vraiment secondaire.

Zebraska

Je suis assise par terre dans la cuisine. Ce n'est pas la première fois. Les bras ballants, les jambes molles. Le dos courbé contre le four pour y chercher la chaleur d'un chou-fleur au gratin raté, j'avais oublié le fromage. Le carrelage froid contracte les muscles de mes cuisses. Les garçons sont au lit. Je ne veux pas qu'ils me voient dans cet état. Mattéo serait bouleversé, Thomas se dirait qu'il ne peut être fort si je suis faible.

Je suis faible. Je pleurniche. Comme j'ai la tête penchée sur mon sort, les larmes, la morve et la salive se mêlent dans une chute visqueuse que je ne tente même pas d'interrompre. Je me laisse aller. Ce doit être très laid à voir, dégoûtant. Mais personne ne me voit. Je radote : « Que dois-je faire, dites-moi ce que je dois faire, s'il vous plaît, que dois-je faire ? » C'est à peine audible, presque une voix intérieure. Je parle à qui, là ? Oui, Léa, tu parles à qui, là ? Je « lui » dis que je n'en peux plus, que mes piles sont à plat, que la noirceur du monde de Thomas a envahi le mien et que je n'ai plus aucune couleur à lui donner. Que va-t-il devenir ? Je n'y arrive pas, je ne suis pas la bonne maman pour lui. Pas assez forte. Pas assez... Et là, « lui » (« elle » ?) m'interrompt brusquement, me dit de lever mes fesses de ces dalles gelées. Je suis surprise. Je crois que – quitte à entendre des voix – je m'attendais à un message plus spirituel. Ou, au moins, une ébauche de solution, un chemin à suivre. N'empêche, ce trivial « bouge ton cul de là, lopette » (traduction libre) me fait l'effet escompté. Je me hisse, me mouche dans la serviette grasse qui traîne sur l'assiette remplie de chou-fleur insipide, je range les vestiges du dîner crapoteux, éteins les lumières, embrasse mes fils endormis et gare mon corps fatigué sous les couettes. Position assise, dos contre coussins, carnet à dessin sur les genoux. C'est la seule chose à faire ! Alors, je dis merci à la Voix (il, elle, moi ?) et je me mets à dessiner.

J'esquisse d'abord ma dispute avec Victor : je le gribouille petit (ce qu'il n'est pas), avec un trop long nez, les bras croisés et un air buté (ce qu'il est). La bulle qui sort de sa bouche est vide, normal, il ne dit rien. Ce sont ses jambes qui parlent. Je lui en croque une dizaine qui s'affairent sous son petit corps, elles ont envie de fuir. La seule chose qui le retient, c'est moi ! Par le col de sa chemise. Je me crayonne grande (ce que je ne suis pas). Je le force à m'écouter (la plus idiote des choses à faire). Mon phylactère à moi est plein. Plein de mots antipathiques, du genre : « C'est facile, tu n'es jamais là », ou encore : « C'est ça, repars t'amuser au soleil », « C'est toujours pareil avec toi, impossible de discuter. »

Dire qu'il m'a épousée parce que je dessinais joliment la vie, comme je le plains ! Je regarde l'esquisse à distance de bras hypertendus (j'ai du mal à l'admettre, mais je deviens presbyte) et je souris. Puis je colorie, légèrement, en accentuant l'expression et le mouvement. Je pastiche ! Et je souris.

Nous avons toujours été très différents, Victor et moi. Comme l'eau et le feu, la batterie et le violon, le papillon et... Alors quand je lui ai dit que j'étais au bout du rouleau avec Thomas et qu'il faudrait sans doute adapter notre manière de s'y prendre avec lui, de le changer d'école peut-être, il m'a répondu qu'il fallait que je me calme, que j'étais alarmiste, que...
Alarmiste ? Il était gonflé ! J'aurais voulu l'y voir, à se frotter tous les jours à la morosité morbide de son fils.
Alors, je le lui ai dit sans ménagement. Il m'a répondu avec désinvolture :
— Mais avec moi, ça se passe très bien !
— C'est sûr, tu le vois trois jours toutes les deux semaines et tu te prends pour son grand frère.
Silence incrusté.
De toute façon, quand on n'est pas d'accord, Victor et moi, c'est toujours moi qui parle ! Lui se tait, le regard plongé dans le vide. Il fait semblant d'écouter ; il n'entend pas. Parfois il soupire, à peine, mais je le vois ! Il est comme figé. C'est perpétuellement à moi d'instaurer l'impulsion. À moi de ranimer le flux.
Je me suis démaquillée. Victor, comme d'habitude, s'en est allé chatouiller les garçons, histoire de les calmer avant de les coucher. Cela m'énerve prodigieusement ! Il est revenu. S'est déshabillé,

a répondu à un mail sur son iPhone. Dans la chambre, il a allumé la télé.

— Victor ?
— Mmm ?
— Thomas n'est pas heureux. Je sais que tu refuses de le voir. Mais j'ai vraiment besoin de toi. Que tu sois un père, même juste six jours par mois, un père qui gronde, qui parle, qui remet l'église au milieu du village, un père qui rassure. Et... qui se remet parfois en question.
— Je ne suis pas un bon père ?
— Je n'ai pas dit ça ! C'est juste que... tu nies l'évidence.

Quand Victor parle, c'est toujours avec beaucoup de placidité, ce qui, bizarrement, est très énervant pour quelqu'un d'agité.

Je me souviens de cet acharnement à ne pas voir, ce non, non, tout va bien, tu te fais des idées.

Je me souviens que nous n'avons pas dormi cette nuit-là. Je lui ai tout balancé, les détails, les pleurs, le carrelage de la cuisine. Des reproches aussi. Inévitable ! Et, cette fois, il m'a écoutée. Et j'ai cessé d'être un trou au milieu de moi. Nous étions deux trous à présent. Mais Thomas s'en remettrait et nous aussi.

Je me souviens qu'au réveil j'étais en paix. Victor moins. Il contemplait Thomas. Je n'ai pas les mots pour raconter tout l'amour contenu dans ce regard-là. Il prenait son avion pour l'Afrique le soir même et je lui avais collé le bourdon en supplément bagage.

C'était totalement injuste. C'est moi qui avais voulu d'un mari aventurier et pas d'un bourgeois grassouillet. Pour Thomas, c'était un peu pareil :

l'ordinaire m'ennuyait tellement, pourquoi m'affoler ? Avec lui au moins, aucune crainte de sécher sur pied ! Pas de paresse ni de temps mort. Jamais d'engourdissement cérébral. J'avais voulu, j'avais eu !

Je pose une feuille vierge sur mon premier dessin. Je nous y représente assis, Victor et moi. Avec des yeux plissés et des lèvres étirées à outrance. On se regarde en coin, au bord du fou rire. En face de nous, la (trop) jeune neuropsychiatre ouvre la bouche en cul-de-poule. C'est disgracieux, un peu ridicule. Normal, je ne l'aime pas ! Elle regarde, l'œil exorbité, le petit Thomas qui gribouille des dessins noirs truffés de dragons sanglants. De sa bouche à lui (déformée par un bâillement monstrueux), une bulle lui annonce : « Qu'est-ce que tu dis ? Je ne comprends pas ce que tu dis ! » La petite femme possède deux têtes. Celle qui ne dévisage pas Thomas avec effroi nous dit avec affolement : « Il a beaucoup d'imagination. » Il n'y a qu'elle, dans ce dessin, qui ne comprend pas que Thomas (huit ans dans ce souvenir) se paie sa tête.

Je laisse le croquis en noir et blanc. Et je décide de l'envoyer au Concours international des Beaux-Arts, juste pour rire.

Je l'aime comme ça, nu. Ce qui compte ici, c'est l'intimité. Et ce lien tenace qui nous unit tous les trois, c'est le rire. Enfin, l'envie de rire ! C'est, dans tout le sérieux du contexte, un instant terriblement joyeux qui ne fait rien d'autre que témoigner de notre amour. C'est presque plus fort que serrer Mattéo dans mes bras ou faire l'amour avec Victor. Quand on partage en toute intimité cette profonde envie de rire avec quelqu'un, quand on se comprend à ce point qu'on ne peut plus rien d'autre qu'être gai, la complicité atteint son paroxysme. Rire est comme une libération du sentiment de fiasco. Car cette séance, clairement, relevait du flop intégral.

D'ailleurs, je n'y ai pas fait que rire.

La neuropsy, Thomas a fini la pousser à bout, car, tout à coup, c'est moi qu'elle a regardée :

— Et vous, madame, parlez-moi de votre enfance. Il y a bien quelque chose qui a dû la perturber ?

J'ai envie d'aller rire ailleurs. Elle était à deux doigts de trouver des comportements déviants de mère possessive émergeant tout droit de ma prépuberté quand Thomas a renversé sur le tapis poilu Ikea coquille d'œuf l'entièreté de sa peinture rouge. L'entretien s'est substantiellement écourté. Jamais réitéré.

Nous marchions vers la voiture quand Victor a dit :

— Ça va, Picasso ?

Thomas ignorait tout du peintre, mais il a souri. Puis Victor m'a regardée, un brin provocateur :

— Et toi, Frida, ça va ?

J'ai pensé aux peintures perturbées et morbides de Frida Kahlo. J'ai demandé :

— Tu penses qu'elle était tarée ?

Il a répondu :

— Complètement tarée !

C'est l'humour de Victor, moitié subtil, moitié irrévérencieux. Il me fait rire et me bouscule.

Lui a immédiatement tiré un trait sur la séance, stocké le tout au rang de l'anecdote. Moi je trouvais à la réaction de Thomas quelque chose d'inquiétant. Un truc qui bloquait et qui l'empêchait de se *confronter à lui-même. Un face-à-face avec soi... qui aime ça ? Moi ? Peut-être qu'elle avait raison après tout, cette neuropsychiatre : j'avais besoin de consulter, moi aussi. À moins qu'il ne s'agisse de la préménopause. Déjà ? À tant de questions, j'ai fini par objecter un sourire fragile et j'ai pensé : il faut continuer à être gai.*

Dans la voiture, j'ai suggéré de passer prendre Mattéo chez ma mère et d'aller manger des pizzas chez « Roberto ». *Puis j'ai dit à Victor :*

— Tu sais qu'elle trompait son mari ?
— Qui ?
— Ben Frida Kahlo !

En réalité, cette histoire de neuropsychiatre avait commencé un soir à table, quelques semaines auparavant. Thomas avait laissé tomber son doudou dans la sauce bolognaise et Victor, avec un flegme presque inhumain, lui avait suggéré de tenter d'être moins maladroit. Le spaghetti à la bolognaise possédait habituellement le don d'endiabler l'atmosphère, mais, ce soir-là, l'ambiance était morne. Thomas semblait s'être une nouvelle fois retiré dans un voyage auquel nous n'étions pas conviés. Il avait cependant répondu à son père que, contrairement aux apparences, il n'était pas maladroit, mais simplement épuisé par ses cauchemars de boîte blanche qui se referme sur lui. Victor lui avait rétorqué qu'il en avait marre de ces boîtes blanches et que s'il arrêtait d'en dessiner à longueur de journée, elles ne se refermeraient sans doute pas sur lui la nuit. Sans se démonter et avec un brin d'impertinence, Thomas avait répliqué qu'il aimerait manger sans parler, car discuter, cela l'épuisait davantage, ce qui attiserait sans doute la virulence des fameuses et monstrueuses boîtes blanches. Victor allait lui répondre quand, agacée par ce ping-pong verbal que je supputais interminable, j'avais crié :

— Ça suffit !

Victor avait demandé :

— Pourquoi tu nous engueules ?

J'avais dit que, comme dans la chanson de Stephan Eicher, je voulais déjeuner en paix. Puis Mattéo s'était mis à pleurer parce qu'on ne s'aimait plus. Au début, je m'étais dit que cela passerait, mais quand, dans l'après-midi, j'avais constaté que Thomas construisait d'énormes boîtes blanches en carton, j'avais décidé d'agir.

Sans en souffler mot à Victor, j'avais engagé un maître feng shui qui m'avait certifié que la maison était saine, qu'aucune source tarie n'en perturbait les ondes, que la disposition du lit de Thomas et l'ouverture de sa porte étaient propices à un sommeil de plomb. La couleur de ses murs, peut-être… Mais bon, pas de quoi envahir son sommeil de boîtes cannibales. Rien à redire. L'homme était sain d'esprit. Ruineux, un peu maniéré, mais sain d'esprit. Il m'avait expliqué que les boîtes ne venaient pas de l'environnement extérieur. Qu'il ne pouvait donc pas les retirer de l'esprit de Thomas, puisqu'elles étaient l'esprit de Thomas ! Que je ferais mieux d'aller voir un neuropsychiatre. Ce que, donc, nous avions fait.

Ce qui reste de toute cette histoire, c'est ce sourire partagé. Il est là, dans mon dessin, à découvert.

On devrait tous se faire un carnet de dessins personnel…

Je reproduis ensuite la scène de la cuisine, avec mon air ébahi en entendant la « Voix », des choux-fleurs partout et une fontaine qui jaillit de mes yeux. C'est très coloré et j'ai l'air vraiment stupide.

Je tente même l'esquisse de Thomas en pleine crise. Mais si le dessin est loin d'être glauque, je n'arrive pas à le rendre léger. Mon fils de dix ans se roulant par terre de détresse, ce n'est pas drôle.

Alors je dessine Natalia. Son contour est flou entre mes doigts et ses couleurs passées. Normal, je ne la vois plus. Son fils en a eu marre du foot, il s'est fait renvoyer de l'école aussi. Les autres mères parlent de racket. C'est sans doute vrai. Peut-être pas. Elle a déménagé, sans mot d'adieu, sans une adresse. Envolée !

Il est tard. J'éteins la lumière. Perchée sur son nénuphar, Natalia tire la langue au destin.

Je rejoins le grand escalier en état d'ivresse, la tête enfoncée dans mon bonnet noir. Avec cette histoire d'avion, j'ai un sujet de conversation qui exaltera notre trio et noiera le poisson un ou deux jours encore. Je suis un si mauvais menteur. Scott arrive d'abord. Il a remarqué quelque chose chez moi et il veut m'en parler d'homme à homme. Mais ce n'est pas ce que je craignais.

Il y a si souvent un gouffre entre ce qu'on envisage et ce qui arrive réellement.

Il me trouve juste fort collé à cette fille, June, et il ne pourra pas me couvrir bien longtemps auprès de Louna. Scott, c'est un grand dragueur, mais dans le fond, il n'est pas très sûr de lui. Il se prend souvent des râteaux. Cela dit, il essaie avec tellement de filles qu'il finit toujours par en convaincre une. Pas toujours la plus jolie. Pas la plus moche non plus. Sa façon de draguer, c'est du cyberpunk : aucun futur possible. Mais si ses conseils en la matière sont bancals, c'est un véritable ami. Scott ne m'a jamais trahi. Il se fiche bien que je sois HP, que j'aie des goûts bizarres, des réactions d'extraterrestre. On peut se balader au parc ou jouer dans le cyberespace pendant des heures sans se parler, sans le moindre malaise, regarder les filles, faire la course comme des gamins, rire pour des bêtises. Il me raconte ses blagues des milliers de fois et, moi qui déteste les répétitions, je suis prêt à les réentendre des milliers de fois encore.

Pour June, je sais qu'il ne dira rien.

Louna arrive quelques instants plus tard, elle me sourit, pourtant elle a l'air un peu triste. Cette petite mélancolie lui va bien, j'aime l'idée de pouvoir la sauver du monde. Alors je la serre contre moi et je la couvre de baisers. Un silence nous emballe tous les trois. Rien d'inconfortable, ce qui n'arrive qu'avec très peu de personnes, celles qui vous ressentent par-delà les mots. C'est sans doute toute la différence entre Louna et June. Avec June, j'ai besoin des mots.

Ce bilan brutal me rend heureux et amer à la fois.

Comme lire *Zebraska* me rend heureux et amer.

Lire, c'est faire taire la mauvaise musique de la vie.
Lire, c'est rendre la réalité acceptable.
Lire, c'est lutter contre l'envie de hurler.
Lire, c'est bousculer.
Lire, c'est veiller toute la nuit et être en forme
le matin.
Lire, c'est se donner une foi absolue dans la vie.
Lire, c'est voir les choses
comme on ne les a jamais vues.

*Lire, c'est un joli ramassis d'antidotes.
Lire, c'est être libre.*

*Écrire, c'est comme lire.
C'est aussi apprendre à se parler à soi-même.*

Mon dictionnaire intime gonfle d'heure en heure.

Pour rentrer, je prends par le bois. Je préfère pourtant la ville, plus claire, plus droite, plus transparente. Le bois, c'est sombre, plein de surprises et d'aspérités et, jusqu'ici, je n'ai jamais été tellement certain d'aimer les surprises.

Quand je pénètre dans l'appartement, ma mère regarde les nouvelles sur ses lunettes holographiques. Les scientifiques ont réussi à imprimer la première prothèse entièrement couverte de peau.

— Tu as vu ça ?

Je prends un air concerné, pour lui faire plaisir, j'ai bien d'autres choses en tête.

— Dis Marty, papa ne va pas tarder, on pourrait manger plus tôt et ne pas être pressé par le couvre-feu ?

Moi, le couvre-feu, j'ai envie qu'il arrive plus vite. C'est là que je retrouve mon père, plus intimement qu'autour d'un dîner.

Et ma mère, que sait-elle de mon père ? Que sait-on des gens qu'on aime ?

Subitement, je m'inquiète pour elle. Alors je l'enlace et, à elle aussi, je dis les mots qui ne sortent pas. Elle ôte ses lunettes sans les débrancher. Les images se perdent dans le canapé. Et je vois bien que les prothèses n'ont plus aucune importance pour elle non plus.

Après, je monte dans ma chambre. Je prends mon lapin dans une main et *Le Petit Larousse* dans l'autre. Je tourne les pages. J'adore ce crissement proche de la déchirure :

« Suicider (se). Se donner la mort ou donner la mort à son influence, à ses idées. »

La deuxième définition me cloue sur place : faire mourir son corps, soit, mais ses idées ! Vu sous cet angle, le plus suicidaire des deux – de mon père ou Mamiléa – c'est assurément Mamiléa !

Est-ce précisément ce qu'elle cherche à me dire : « Marty, ne fais pas comme moi, ne tue pas tes idées » ?

Mais si j'ai déjà compris le message alors qu'elle n'a pas encore fini de se dépêtrer de ses histoires de mères idéales, cela signifie que je prends une petite avance sur elle. Penser intensément à cette victoire me procure un sentiment d'excitation proche de l'infiniment grand.

Alors, pourquoi j'éprouve encore cette puissante envie de me replonger dans *Zebraska* ?

Bien sûr il y a ce désir de découvrir la manière dont Mamiléa se délivrera de son emprise et celui de connaître mieux mon père, puis, indubitablement, ce frisson, cette quête du Graal : que cache La Grande Bascule ?

Ce n'est pas le plus intrigant, pourtant. Non, l'essentiel est : pourquoi *Zebraska* me libère-t-il ? Car ce livre me libère. Je n'ai qu'à m'asseoir au milieu des personnages et observer. Et une gerbe d'émotions, instantanément, jaillit. Des pensées qui contrarient ou valorisent les miennes. Je rage, je ris, je me reconnais dans telle situation et m'amuse alors de moi, ou pas ! Tout cela me sort de là où j'étais : à l'étroit. Les mots me révèlent. Mamiléa en connaît le pouvoir. Il suffit qu'elle les écrive pour qu'ils adviennent.

Je crois que le livre infuse une énergie à celui qui le lit. Qu'il lui donne une sorte d'assurance en la vie. C'est difficile à expliquer.

En tout cas, *Zebraska* m'insuffle un mouvement quand je me sens figé ou impuissant. Il me procure la sensation qu'on ne subit pas la vie, mais qu'on l'invente. Et quand je tourne les pages, une autre impression grandit, celle que plus rien n'est impossible. Ce n'est pas que tous mes tracas s'effacent ou que mon existence semble plus réjouissante, mais imaginer les personnages vivre la leur telle qu'elle est, imparfaite, me laisse une force... une intuition que ma vie aussi pourrait être lue comme une histoire.

En réalité, tout est affaire d'angles et de points de vue. Tout est affaire de mots, ou plutôt d'images que ces mots créent en nous. Si on modifie la définition d'un mot, ou si on transforme l'image que ce mot projette en nous, alors on modifie aussi notre façon de la vivre. On ne voit plus les choses comme elles sont vraiment, mais comme on les ressent. Ce ne sont plus simplement nos yeux qui voient, mais toute notre personne, avec ce qu'elle sent, goûte et ressent, son passé, son histoire. Les mots sont beaux par cette seule perspective. Quand je lis les mots écrits par Mamiléa, ils ont son parfum, mais ma couleur. Et c'est ce mélange qui est détonnant.

Je prends du papier et le stylo de mon père. Je note mes premières définitions. Puis, je fais l'exercice pour le mot *bonheur*.

Le Petit Larousse me parle d'un état de complète satisfaction. Pourtant on ne jouit pas de manière absolue. Serait-on donc incapable de bonheur ?

Pour Mamiléa, le bonheur c'était être une mère parfaite. Pour mon père, un garçon comme les autres. Missions impossibles.

Qu'en est-il vraiment pour moi ?

Instinctivement, je dirais que le mot *bonheur* varie entre le rose et le noir. Qu'il dépend des jours, aussi. Les lettres qui le composent ne me paraissent pas homogènes ni dessinées sur un même plan. Elles forment un amalgame pourtant harmonieux qui me rend un peu pareil à elles. Elles sentent la mer.

En moyenne, j'ai plutôt l'impression d'être heureux.

J'en conclus qu'il suffit que le bonheur n'imprime pas en nous une image inaccessible pour qu'il devienne fréquentable. On le connaît alors davantage, on l'apprivoise, on en fait quelqu'un de proche, parfois casse-pieds, mais proche.

Si je fais pivoter mon imagination de trois ou quatre degrés seulement et que je change la définition du mot *bonheur*, tout culbute.

Le bonheur c'est juste des instants.
Le bonheur, c'est la faculté de s'émerveiller.
Le bonheur, c'est désirer sans avoir besoin.
Le bonheur, c'est savoir que faire de ses malheurs.
Le bonheur, c'est laisser entrer la lumière.
Le bonheur, ça demande du courage (parfois)...

En repensant au nombre potentiel de ces petites définitions personnelles, je me dis qu'il se pourrait bien qu'on finisse par réaliser que la fantaisie de l'homme est la seule énergie renouvelable en ce monde.

Enfin, à la définition de l'amour, je ne peux m'empêcher d'ajouter :

L'amour, c'est un délicieux tsunami
qui vous chambarde, vous pique, vous gratte
et vous fait raconter des tas d'idioties.
L'amour, c'est la seule couleur qui vous fait
croire que plus rien ne peut vous arriver.
L'amour, c'est le triomphe de l'imagination
sur l'intelligence.

Cette phrase me claque à la figure comme une voile qui se prend un grand vent de face. Elle est venue toute seule. Elle n'est pas de moi, pourtant c'est la plus belle de mon dictionnaire personnel. Elle possède le discernement d'un ancêtre, le sourire en coin de Mamiléa et ma chair de poule à moi.

Je débite des citations, maintenant… Moi ! Moi, Marty, à quinze ans, je pense à des phrases de types morts que vénère Mamiléa !

Je deviens déjà un vieux ringard !

Mamiléa doit se marrer. Je l'entends ricaner : « Tu vois, ce qui vient du passé n'est pas si dépassé ! »

Ma longueur d'avance vient de se prendre un sacré coup.

Et dans mon dictionnaire, j'écris encore :

Lire, c'est se laisser surprendre…

Je plane. Un avant-goût de l'avion sans doute, puis le souvenir du rire de June, l'amitié de Scott, la tendre mélancolie de Louna, la beauté du silence, l'excitation des mots et mes premiers « je t'aime » pas trop ratés. J'ai l'impression d'avoir brûlé tout mon capital bonheur en quelques jours.

Zebraska

À la sortie de l'école, je croise Sabine. La belle affaire ! Une femme d'affaires justement, avocate, présidente de l'association des parents de l'école, championne de tennis, échevine de la mobilité. Mobile, elle l'est. Ce genre de femme sans rides et très chic qui a un avis sur tout et jongle avec le temps. D'un point de vue extérieur, cette reine en petite robe noire exhale quelque chose de fascinant. C'est une femme avant tout. Une épouse et une mère quand elle en a l'occasion. Pourtant, ses filles semblent épanouies, elles ont des copines, font la vaisselle, travaillent seules pour l'école, mettent la table du petit-déjeuner, signent elles-mêmes leurs contrôles. Peut-être que je couve trop Thomas, que je l'asphyxie de ma présence bienveillante. Que ce détachement maternel a du bon.

L'idée me traverse alors de fréquenter Sabine d'un peu plus près, de voir ce qu'elle a vraiment dans le ventre.

Après mes deux échecs cuisants, il semble prudent d'observer scrupuleusement les coulisses avant de pasticher. D'autant plus que je soupçonne Alicia, la plus jeune des filles de Sabine, d'apprécier Thomas en tête-à-tête et de s'en moquer en public. Que Sabine ait engendré un être qui a besoin d'écraser son copain devant les autres pour se valoriser, soit, mais qu'elle ne s'en rende pas compte, cela lui fait perdre des points sur l'échelle de mes exigences de mère modèle. Surtout si Thomas en est la victime, proie rêvée, puisque aux yeux bleus d'Alicia il pardonne tout. La rumeur accuse aussi Grâce, l'aînée, de falsifier ses bulletins et de fumer des joints à quatorze ans. Mais je suis prête à en douter. Il n'y a qu'à observer Sabine, cette prestance, cette assurance, pour remettre en cause ces bavardages.

C'est peut-être au niveau de l'humour que l'aventure propose le moins d'atouts. Sabine n'est pas drôle. Et ce premier repas où elle me convie – j'avais manifesté un intérêt particulier pour les réunions de parents afin de m'immiscer rapidement dans son intimité – me crispe à l'idée que je ne vais pas rire. Enfin, s'il s'agit là du seul sacrifice à fournir pour connaître l'extase de l'harmonie, je suis même prête à manger des plantes vertes !

J'ai un nouveau plan : découvrir comment mener une vie remplie, compliquée et stressante afin que la fatigue et l'anxiété m'empêchent d'étouffer mon fils de trop d'attentions. Histoire d'asseoir encore ma propension déjà exponentielle à obéir aveuglément au sens du devoir. Sabine, comme un despote très éclairé, manage, décide, délègue et planifie. Elle gère sa vie à la baguette, comme une entreprise, avec cette ambition d'être toujours plus ambitieuse. Le monde ne fonctionne-t-il pas comme une grande entreprise, performante et intolérante ? Ce doit être un excellent moyen de s'y adapter, alors. En tout cas, cette maîtrise-là m'excite, elle me donne l'illusion d'une sorte de détachement par l'accumulation.

Je vais donc tenter de combler ma vie avec brio pour cesser d'envahir celle de Thomas.

C'est à table que mon enthousiasme se prend une première claque.

— Alors, Thomas, tu es bon élève, m'a dit Alicia.

— Oui, répond Thomas, le nez dans sa purée.

— Dans ce cas, mange bien tes légumes, c'est bon pour le cerveau !

Sabine rit de sa blague, trop fort, faussement, comme un ordinateur. Je souris bêtement. Je dis que c'est vraiment très bon. Sabine et son mari se relaient pour nous poser des questions polies, sur l'école, sur mes dessins, sur l'Afrique de Victor. À l'aide de sa fourchette, Mattéo fait des tresses dans ses épinards. Thomas gigote, se tient mal. En le dévisageant avec un sourire malicieux, Alicia dit quelque chose à l'oreille de sa sœur.

— Pas de messes basses, claironne le père avec vigueur.

Bien fait, petite garce ! me dis-je in petto.
Sabine demande à Thomas :

— Tu ne dis rien ? Tu n'aimes pas les épinards ?

Thomas demande à tous (à personne, à lui-même) :

— Ça existe des prisonniers qui se tuent dans leur cellule ?

Silence général.

Alicia pouffe derrière ses petites mains potelées.

— La ferme ! T'imprimes même pas ce qu'il dit, lui rétorque Grâce, que je soupçonne d'être un peu du style de Thomas.

Je réponds à mon fils :

— Oui, c'est déjà arrivé. Pourquoi ?

— Je les comprends, moi, leur vie est foutue, ils doivent mourir d'ennui, mieux vaut en finir ! On les laisse faire, au moins ?

— Bien sûr que non, Thomas, on ne laisse pas les gens se suicider.

— Qu'est-ce que ça peut faire ? Ils ne nuisent plus s'ils sont morts ! Moi je trouve qu'on devrait laisser aux condamnés le choix de mourir. C'est leur droit, après tout.

— Tu as peur de mourir ? lui demande Grâce.

— Pourquoi j'aurais peur ? Je suis déjà mort !

Alicia fait signe à sa mère que Thomas est cinglé. Pour la première fois, je perçois chez Mattéo un rictus à peine voilé, comme une forme de jubilation. Et ça me fait mal.

— Alicia, débarrasse la table s'il te plaît, ordonne Sabine dont la maîtrise s'est ostensiblement érodée.

— Laisse, Alicia, rétorque le mari, va plutôt jouer aux échecs avec Thomas.

Pourquoi les échecs ? Pourquoi encore un jeu d'intello ? Pour faire plaisir à Thomas, voyons ! Nous sommes chez des gens bien, d'une vacuité absolument charmante. Je sens la faille. Le moment où, perdue, Alicia appellera son père à l'aide, où celui-ci, observant Thomas remporter un peu trop facilement le combat, se dira qu'un petit conseil à sa fille ne ferait qu'agrémenter le jeu. C'est sans compter avec l'extrême sensibilité de Thomas. C'est en oubliant qu'on s'amuse là sur le seul terrain où mon extra-ordinaire HP de fils peut mettre une raclée à celle qui appartient à la meute de ces gens qui vous méprisent si vous ne les dominez pas. « Tricheurs », *va-t-il hurler d'une minute à l'autre quand le père mettra sa reine en danger. Mais, sans faille, la soirée serait restée une sorte de moment mou, fade, sans aucune avancée morale.* Le progrès est dans la faille, *me dis-je pour apaiser le nœud qui grossit dans ma gorge au rythme de la colère qui envahit – comme prévu – Thomas. Sans faille, l'homme ne serait qu'une espèce d'hominoïde, heureux sans livre, sans télé et sans Viagra.*

— *Gagné ! s'écrie Alicia en narguant Thomas d'un sourire triomphant.*
— *Je t'ai un peu aidée, corrige le père.*
— *Tricheurs ! leur répond Thomas sans surprise.*
De ses narines s'échappe une fumée rouge sang de taureau (moi seule la vois) et je presse son bras, fort, pour éviter l'hémorragie.
— *J'ai gagné, j'ai gagné ! chantonne Alicia.*
— *Ta gueule, lui balance sa sœur.*
— *Grâce, dans ta chambre ! gronde Sabine.*
— *Ça suffit, Alicia, enchaîne le père calmement.*

Ici tout le monde obéit. Le scénario est parfait. Chacun connaît son texte et suit les instructions. Sabine donne à Alicia son téléphone portable. Un monde de jeux s'ouvre à elle où elle pourra régner en maître absolu. Si une icône lui tient tête, il suffira de la faire disparaître de l'écran. Anéantie, paf ! Comme avec Thomas ! D'accord, avec les ordinateurs, Thomas est un peu pareil. Voire pire. L'écran est un monde où il est roi. Il y découvre l'art du bonheur par l'image. L'en séparer, c'est l'obliger à affronter la réalité. D'ailleurs, je ne lui donnerai pas mon iPhone. Il est blotti contre moi, il bout. Je sens l'explosion latente. Je masse doucement l'arrière

177

de sa nuque. Je sais qu'à la maison tout sortira dans la furie et la douleur, comme du vomi. Il est temps de s'en aller. De toute façon, Sabine s'impatiente, demain sera minuté. Elle a déjà accompli un enchaînement de démarches machinales, sorti les bols de l'armoire pour le petit-déjeuner, fait tourner un lave-vaisselle, préparé les boîtes à pique-nique, changé son bric-à-brac de sac à main, le noir remplace le rouge : elle doit déjà savoir ce qu'elle portera demain. Chacun reste à sa place. C'est bien cela qui me heurte. Jamais elle n'a fait un geste doux vers ses filles, un sourire, une allusion. Pas de doigt qui glisse sur une joue, de main sur une épaule, de lèvre sur le front. Sabine ne touche pas ! Si j'osais, je lui dirais combien je me sens ridicule à vouloir lui ressembler. Si j'osais, je lui dirais que, au lieu de s'agiter, de plaider, de manager et de performer, elle ferait bien de serrer ses filles dans ses bras.

J'ai la rage. Celle d'aimer mes garçons. D'aimer les presser contre moi, d'enfouir mon nez dans leurs cheveux, de les embrasser dans le cou. Cette rage me rend pathétique. C'est elle qui me pousse à l'ineptie. Mais si je me dessine mentalement, je ne vois plus qu'une mère avec sa peur de mal faire et de louper l'essentiel. Et si je dessine Abigaëlle, Natalia et Sabine, c'est cette mère-là aussi que je vois.

Plus tard...
— Le monde n'est pas juste, hurle Thomas depuis sa chambre.

Il a raison. Pourquoi souffrait-il tant de cette déloyauté alors que la plupart des enfants s'en fichent éperdument ?

Je lui masse le dos jusqu'à ce que le sommeil l'emporte. J'ai envie du carrelage froid de la cuisine. J'ai envie de larmes autonettoyantes, de morve apaisante et d'apitoiement désabusé. J'espère secrètement que la Voix me bottera à nouveau les fesses.

D'abord le plein d'innocence : embrasser Mattéo.
— Dors bien mon chéri !
— Dis maman…
— Oui mon cœur !
— Et moi, pourquoi je suis né ?

Je sais, Marty ! Tu as envie de me secouer violemment, de me crier qu'il devient impératif pour la santé mentale de tous que j'arrête de m'embourber dans ma quête de mère douée pour le rôle. Tu aimerais savoir pour ton père et La Grande Bascule, non ?

Ce que tu dois comprendre, avant qu'on en arrive à ce chapitre, c'est que des choses moches étaient souvent faites aux gens différents. C'est pour cette raison qu'on les a si bien accueillis, après. Comme pour se rattraper. C'est pour cela aussi, entre autres, qu'on évoque peu la période douloureuse d'avant La Grande Bascule.

Personne n'en est fier aujourd'hui.

« Tu aimerais savoir pour ton père et La Grande Bascule, non ? »

À quoi joue-t-elle, Mamiléa ? Elle me parle d'abord de belles histoires, de couleurs et d'odeurs, puis elle me jette à la figure la souffrance de mon père.
Je ne sais plus quoi penser.
Je descends, espérant trouver un peu de sérénité dans mon poisson cru, mais mes parents ont décidé de s'exprimer en espagnol ce matin. Une nouvelle idée qui ne durera pas. Contrairement aux jours précédents, tout s'annonce comme une fiction apocalyptique. Je tente de garder les pieds sur terre, il faut bien que quelqu'un reste normal dans cette famille ! Mais le destin décide que je n'en ai pas encore assez vu et se met à jouer aux montagnes russes avec mes émotions.
Je quitte l'appartement bien à l'avance, non sans avoir fait remarquer à mon père que *gato* signifie « chat » et non « gâteau ». Je marche les mains en poches et le corps

penché, aérodynamique, histoire de fendre l'air pour me vider la tête. Sur mon chemin, je trouve June. Je suis surpris. J'ai l'impression qu'elle m'attend. Heureusement, je n'ai pas emprunté le petit bois. C'est étrange de la voir là. Elle aussi paraît étrange. D'abord, elle me sourit normalement, puis son visage se contracte. Assurément quelque chose ne va pas, ce qui la rend plus désirable encore. Elle prend ma main dans la sienne et on marche sans rien se dire. C'est un peu embarrassant, alors, je lui demande quand même :

— Ça va ?

Elle s'arrête et me dit :

— Je ne viendrai pas en cours ce matin. Rendez-vous ici, à midi, j'ai quelque chose d'important à te dire !

Des demi-mots, de l'espagnol, pas de mots du tout, qu'est-ce qu'ils ont tous à ne pas s'exprimer clairement ? Je ne sais pas quoi lui répondre. Elle est face à moi, maintenant. Près, tout près. Quelques centimètres séparent nos visages, un tout petit pas pour l'homme, un espace intersidéral pour Martin Leroy ! Je me sens pataud, avec mes bras trop longs qui cherchent où se mettre. Je sens le va-et-vient de son souffle sur mon menton, il exhale la menthe fraîche. Alors que j'échafaude des plans sur la comète, elle m'embrasse sur la joue, mais tellement près de la bouche que ça ne ressemble pas à un accident. Puis elle me tourne le dos et traverse la rue. Je la regarde partir jusqu'à ce qu'elle ne soit plus qu'une droite puis qu'un point sur l'horizon et je vais au lycée, comme tous les matins.

À 11 h 57, soit trois minutes à l'avance, je poireaute déjà à l'endroit exact où June m'a fixé rendez-vous.

J'attends.

Elle ne vient pas.

Je me demande alors si elle a oublié ou si elle a eu un empêchement, si elle a été victime d'un accident ou si elle a décidé en dernière minute que je n'en valais pas la peine, tout compte fait. Cette dernière possibilité me foudroie. Mais comme elle me semble entrer dans le trio de tête des hypothèses, je n'ose pas l'appeler.

J'attends encore, jusqu'à 12 h 52, puis je pars.

Je plonge mes mains au fond de mes poches et je marche, toujours plus vite, comme pour échapper à ce mauvais rêve. J'inventerai un malaise soudain, je ne suis pas capable de retourner à l'école.

Le ciel est blanc comme le lait, des nuages bas voltigent entre les rails suspendus des aérotrains. C'est presque joli. L'air froid me lamine les joues et me glace le crâne. Je traverse le grand parking à vélos du centre-ville, puis le parc, celui dont je connais par cœur tous les cailloux.

Je me fige.

De l'autre côté de l'étang, je vois June dans les bras d'un garçon.

Scott !

Apocalypse, scène finale. Je ressens un violent haut-le-cœur, comme une hache en pleine poitrine qu'on aurait remontée doucement jusqu'à la gorge. Je respire comme un petit chien, compte lentement jusqu'à dix et tout le tralala habituel, mais la hache reste coincée dans ma trachée. Alors, je ferme puis rouvre les yeux pour m'assurer qu'il ne s'agit pas d'une vision. Depuis *Zebraska*, tout est devenu possible. Mais ils restent là, maladroitement enlacés.

Ma définition de l'amitié vient de s'auto-occire sous mes yeux. Je cours comme un fou. Mon cœur ne tient plus qu'à un fil.

Je rentre à la maison, je veux être seul, mettre de l'ordre dans ma tête, mais, comme s'il n'existait aucune trêve à mon cauchemar, je trouve ma mère assise à la table de la cuisine, ce qui, à l'heure du déjeuner, n'est pas normal.

Elle est installée dans une position bizarre, comme figée dans un moment de flottement. Des vibrations minuscules animent son visage, je peux y lire la chronique d'un désastre annoncé. Je vois son chaos comme si j'y étais. D'ailleurs, j'y suis. Elle me voit et elle fond en larmes, de grosses larmes chaudes qu'elle n'essaie même pas de cacher. Elle me fait paniquer. Sait-elle encore quelque chose que je ne sais pas ? Est-ce qu'on pourrait arrêter de me parler par message crypté à la fin ?

— Ça va pas, maman ?

— Mon patient du deuxième étage n'a pas ouvert les yeux ce matin. Il avait tout juste ton âge.

La voir pleurer me fend le cœur. Et comme il était déjà fendu, ça commence à faire beaucoup de morceaux pour un seul homme. Toutes ces histoires m'ont filé un bourdon colossal et j'ai les yeux embués moi aussi. Je ne sais plus si c'est à cause de mon père, de ma mère, de cet adolescent qui ne se réveillera plus jamais ou de ma vision de fin du monde en plein parc. Alors, ma mère et moi, on s'est enfilé une tablette de chocolat 100 % commerce équitable. Parce que, même dans les moments douloureux, ça ne rigole pas avec l'équité chez les Leroy !

Puis elle est retournée à l'hôpital et j'ai rejoint ma chambre.

Je me repasse la journée en essayant de comprendre à quel moment elle a planté, mais tout est embrouillé.

Mamiléa, elle, se souvient facilement. Dans l'ordre et dans les détails. Pas moi. Bien sûr, c'est une vieille dame et je n'ai que quinze ans. La balance du souvenir penche dangereusement en sa faveur. Normal si une odeur de pêche lui rappelle un sublime été antique passé au soleil alors qu'à moi elle ne suscite que l'envie de la piquer sur l'arbre du voisin. C'est donc plutôt mon avenir que je sens de cette façon. Je sens l'odeur de la pêche, je la vole, je me fais pincer et je passe un sale quart d'heure. Ou pas. Et je boulotte la pêche !

J'aime l'idée que mon odorat soit devin.

Je ferme les yeux et j'essaie de me souvenir d'une odeur du jour. Je n'y arrive pas. Alors je prends le livre à la couverture rouge et j'y enfouis mon nez. Me vient une odeur de menthe fraîche. Je sens June. J'aimerais pouvoir l'imaginer étouffée sous son oreiller, brûlée au dixième degré par l'eau de son thé ou désintégrée par la foudre, mais dans le fond, je n'arrive pas à lui en vouloir.

Je me dis simplement : « Tu es allé trop loin, Marty. Tu as joué avec le feu, trahi Louna et tu te prends une claque bien méritée, un juste retour des choses. Toi qui aimes tant la justice. » Je pense à un aérotrain qui glisse à toute vitesse sur ses rails et, à cet instant de grande autoflagellation, je suis les rails. Mais, en toute objectivité, je n'arrive pas très bien à m'en vouloir non plus, parce que, si j'aime bien June, la symétrie de ses contours et son rire qui trébuche, je ne l'aime pas dans le silence. Je ne l'aime pas tout court. Ce qui me plaît surtout en elle, c'est de lui plaire.

Je suis comme déchiré en deux, à la fois soulagé et déçu, ce qui, tout bien réfléchi, est un net progrès par rapport à mon émiettement du midi. La vie semble me prendre de court depuis quelques semaines. Je l'avale un peu de travers et rien ne sert de tousser. Le mal finira par passer. Avec le risque de m'étouffer, parce que c'est tout le problème, quand on est hyperémotif. Mais, avant de m'étouffer, j'ai encore deux ou trois choses à régler.

Mes lunettes holographiques viennent de vibrer...

Zebraska

Victor a raté son avion et, pour me consoler de son absence, mes grandes amies Vic, Cécile et Magali envahissent la maison de vin rouge, d'allégresse et de chinoiseries diverses. Je sens comme une confiance en l'avenir, une force nouvelle à me sentir un peu pareille à elles. Formidable ! Pour finir, j'ai plutôt un sacré flair question copines, abandonnant – ou laissant m'abandonner – les synthétiques et conservant les cuirs véritables. On se raconte de vieilles histoires, on boit un peu, on rit beaucoup et on massacre Jean-Louis Aubert : « Ça, c'est vraiment toi... » Elles ne sauront jamais ce qu'elles viennent de déclencher. Et, pendant qu'elles s'époumonent joyeusement, je les dévisage avec tendresse. Elles ont raison, je suis le seul maître de mon âme. Mon cheminement est limpide : je ne peux convaincre Thomas de s'aimer tel qu'il est si je cherche moi-même à être une autre.

Être soi. Tout un programme ! Je me promets, dès à présent, d'affirmer ma personnalité de pachyderme dans toute sa splendeur. Je ne chercherai plus qu'à ressembler à moi-même. L'idée est très à la mode, voire convenue, et je trouverai sans effort le renfort nécessaire (cours, livres, gourous divers) pour honorer mon nouvel engagement. Mais j'ignore encore à quel point il est ardu de se ressembler.

Plus tard dans la soirée, je découvre devant l'impitoyable miroir mes lèvres noircies par le vin rouge. Elles me donnent un petit genre Vampirella. Je ris toute seule devant cette idée. Je me trouve étrangement belle, pas du tout idéale, un peu défaite, légèrement exaltée et, d'une certaine manière, plus réelle.

Le lendemain matin, je sors très tôt m'acheter de nouveaux crayons. Le froid me picore les joues. Le ciel pâle et bienveillant m'insuffle une sorte de foi absurde. En rentrant chez moi, une boîte de Nesquik à la main et ma pochette de crayons neufs sous le bras, je me dis que c'est comme ça que je veux vivre : voir mes proches, dessiner et raconter des histoires, rapporter des boissons chocolatées à mes enfants, aimer Victor. C'est tout.
Pourquoi devrait-il en être autrement ?
Rentrer chez moi ce matin-là prend un air de défi, car si je connais le chemin de la maison, je ne suis pas certaine du tout de trouver celui de mon for intérieur.

Cesser de singer tout comportement maternel conforme à un idéal arbitraire me ramène à une première forme de sauvagerie un peu effrayante : l'instinct.
Le matin, je me lève désormais bien avant tout le monde. Je regarde tout, j'éprouve tout, devine tout, je sens tout goulûment : le gel douche, le jambon du pique-nique des garçons, le cuir de mon sac à

main, le cou de Mattéo. En conduisant les enfants à l'école, j'écoute le moindre son, caresse de manière anormalement récurrente les joues de Thomas, je m'arrête pour goûter le givre des épines du grand sapin de la place du village et le sel de mes larmes qui coulent fréquemment sans raison particulière. Un véritable animal sauvage !

Si ce pèlerinage sensoriel me rapproche indubitablement de moi, il m'écarte aussi sans conteste des autres. Mon attitude animale a le don d'inquiéter les gens normaux (j'entends par là ceux qui ne lèchent pas le givre des arbres et ne reniflent pas leurs enfants), c'est-à-dire, si on enlève les foldingues et les agitateurs, environ toute la planète, mes meilleurs amis compris. Je n'ai aucune idée de la raison qui me pousse à adopter ces comportements bizarres, mais je sais qu'il ne faut plus contrarier mes pulsions. De sauvage, je deviens donc très vite asociale, préférant au dîner entre amis ma couette et mon livre et me réjouissant de ne pas avoir à alimenter une conversation. Je lis beaucoup.

Car la conversation devient mon souci majeur. Un seul sujet me préoccupe toujours : Thomas. Mais si je me suis tue pendant des années, je désire en parler maintenant. Toute autre discussion me paraissant futile, je focalise sur la problématique des enfants HP, ennuyant mon auditoire profane dont les blagues et les destinations de vacances ont sur moi un pouvoir soporifique désopilant. Mon comportement est presque infantile. Je suis adulte pourtant, mais suis-je une grande personne ? Est-ce d'ailleurs tout à fait indispensable de l'être ?

À la sauvagerie et la sociophobie vient assez rapidement se greffer l'hystérie incontrôlée. Et là, il m'apparaît comme une évidence que la part cachée de soi occupe des territoires vastes et variés.

Pour sortir un peu le nez des bouquins, je consulte une kinésiologue. Mon unique but est d'accompagner en douceur ma descente en moi, mais elle m'avertit d'emblée :

— Vous voulez vous retrouver ? C'est un désir généreux qui demande un certain engagement, il faut y consacrer tout son temps.

Que croit-elle ? J'ai déjà acheté tous les livres sur le sujet !

— Mais on ne devient pas soi en lisant des essais théoriques, ajoute-t-elle avant que je puisse me justifier. Les livres ne suffisent pas, ils aident seulement à trouver. Pourquoi désirez-vous être vous ?

— Être moi ? Eh bien, pour que mon fils puisse être lui !

Elle semble satisfaite de cette réponse et ajoute :

— Il faudra accepter de pleurer, de s'énerver, de se décourager, de s'isoler. Mais aussi de se découvrir une part étouffée de personnalité, un morceau camouflé parfois énorme et terrifiant !

Je lui réponds un peu solennellement :

— J'accepte !

Elle me sourit.

Un après-midi sombre où il en veut particulièrement au monde, Thomas décide de se taper la tête sur la vitre du salon. Il se prend pour un djembé. Le pire c'est quand il choisit de jouer tout l'orchestre. À chaque percussion se joint alors un cri strident. Impossible de le calmer. J'ai l'habitude, mais j'ai des dessins à terminer et plus aucune mère idéale à laquelle me raccrocher. Il me vient alors des idées terribles dans la tête. J'ai envie de l'empoigner, de le secouer pour que tout reprenne sa place dans la sienne. J'ai envie qu'un avion de ligne se crashe sur la maison, que tout s'arrête. Qu'il n'y ait plus un seul bruit.

Je lui hurle qu'il existe un autre moyen de communiquer qu'en hurlant. J'exige de lui ce dont je suis incapable pour moi. D'ailleurs, je tape du pied à présent et j'ouvre mes chakras avec une violence sonore hors norme.

J'avance à découvert, désormais. Sans filtre.

Comme une écorchée vive.

Et je suis en train de furieusement lui ressembler !

Après la surprise de la première fois, Thomas se met à couvrir le son de ma voix lors des colères suivantes. Le duo n'a rien d'une sérénade. Tout au plus une sonate pathétique où l'on a omis d'accorder les instruments concernés. Je fais peur à Thomas, dont les yeux qui réfléchissent ma folie me font peur à leur tour. Si « être moi » se limite à perdre les pédales en vocalisant comme une soprano, nous n'avons pas fini d'avoir peur.

La détresse de Thomas a maintenant une emprise physiologique immédiate sur moi. Tout cri, tout effleurement à sa colère me causent une sorte d'allergie terrible. J'ai alors besoin de violence ordinaire : gueuler un bon coup, pleurer bruyamment, taper du poing sur la table, menacer, proférer des horreurs, claquer des portes, jurer, mordre. Il me met sans effort dans un état si proche du sien que c'en est effrayant. Plus de haricots cuits vapeur, plus de respiration en deux temps, plus de contrôle de la situation. De la sauvagerie, enfin ! De la douleur authentique qui sue par tous les pores, des mots bruts, la vraie vie.

À trop nous faire écho, nous nous détruisons. Et c'est Mattéo qui en souffre le plus. Mon petit soleil se voile peu à peu :

— Pourquoi tu m'aimes plus, maman ? Pourquoi il est méchant, Thomas ?

Je décide d'aller hurler ailleurs. Cela peut me prendre en plein repas. Je dis :

— Maman revient, mes amours.

Je me lève, je prends ma voiture et m'aventure au fond du bois. Là, je hurle jusqu'à ce que ma gorge me brûle. Puis, telle une louve qui a accompli son devoir, je rentre auprès des miens. Dans mon clan, ma meute à moi. Laissant Thomas à ses subtiles constructions, je rattrape le temps perdu avec Mattéo, je lui raconte des histoires de mon enfance, on rit, on se colle l'un à l'autre, on lit des livres, on regarde un film. Et quand Mattéo s'endort enfin, j'explique la vie à Thomas, on s'excuse, on se pardonne. On s'aime. C'est une trêve joyeuse qui permet de penser que nous sommes capables de bonheur. Je fais comme si ce moment était éternel. Je ne peux m'empêcher d'y croire, même si je sais que demain tout sera à refaire.

C'est idiot de penser qu'aimer résout tout. Aimer parfois rend immobile. Plus rien ne glisse. Tout est matière à interprétation : pourquoi sourit-il, pourquoi cette griffe sur sa main, pour quoi tu râles ? Mais je ne râle pas ! Aimer parfois impose une distance.

Un jour, Thomas monte dans la cuisine une tour de cubes parfaitement rectiligne qui, prise de vertige, finit par s'écrouler, accompagnée des vagissements de dépit qu'on imagine. À la grimace contenue de Mattéo, je comprends qu'il a tout à voir avec l'effondrement et je clame sans délicatesse que j'ai envie d'une famille normale. Une fois prononcés, ces mots me font horreur. Ils me barbouillent l'estomac, comme quelque chose qui ne passe pas. Normal, la quiche de ce midi était dégueulasse ! J'ai mangé, pour Mattéo, pour Thomas, pour donner l'exemple. Pour qu'ils puissent prendre un dessert après. Parce que les quiches, c'est convivial, c'est festif. Veinards ! Vous avez une maman géniale. Une maman qui évite les pleurs. Car si Thomas pleure, maintenant Mattéo ricane et je finis par hurler. Alors, qui mettra de l'ordre dans tout ça ?

Dans la cuisine toujours, Thomas parle fort. C'est un de ces soirs où il gravite autour de la table en s'agitant. Quelque chose ne tourne pas rond. John le bourreau, encore lui. Il a piqué le slip de Thomas après le cours de piscine et mon fils a dû enfiler son jean le cul nu. Une humiliation publique si pathétique qu'elle l'a anéanti. « Mais arrête de parler de lui, il n'en vaut pas la peine ! » Thomas s'acharne, chacun de ses mots ressemble à une déflagration. J'ai envie de disparaître le temps que l'explosion s'estompe. De me sauver avec Mattéo et de nous mettre sur orbite. On tournerait, comme ça, jusqu'à la nuit des temps. J'ai les oreilles en sang. J'enclenche le processus de non-retour, je crie plus fort. Huile sur le feu, tir nourri, seconde déflagration. Pleurs, pleurs, pleurs.

« Une famille qui crie est une famille unie ! », j'ai lu ça dans un de mes nouveaux bouquins. Ça me réconforte un court moment.

Jusqu'à ce que Thomas menace de se jeter dans l'étang et qu'à court d'arguments je lui propose plutôt la piscine des voisins.

Mais c'est aussi dans la cuisine qu'on se murmure nos « je t'aime, moi aussi » et qu'on reste parfois dans un silence apaisant, farci d'impuissance et de tous les regrets du monde. Comme trois poussins fragiles en pyjama.

« La chair est triste, hélas ! Et j'ai lu tous les livres. »
Et si ma chair tient plus ou moins le coup, j'ai, moi aussi, assise dans ma cuisine, épuisé toute une bibliothèque. Chaque fois que je lis un livre qui aborde le cas des enfants HP, j'ai l'impression de lire la biographie de Thomas. J'analyse alors d'un geste répétitif névrotique la couverture du bouquin, dissèque le nom de l'auteur, et en arrive à la seule et même conclusion que je n'ai jamais rencontré ce gars ou cette fille. Pourtant il/elle doit connaître Thomas dans l'intimité pour le décrire aussi bien. D'un côté, cela me rassure : le cas « Thomas » est reconnu et étudié, nous ne sommes pas seuls. Mais cela m'angoisse davantage : le futur paraît aussi noir que l'esprit de Baudelaire – probabilité forte de décrochage scolaire, d'utilisation de drogue et d'alcool, de tentative de suicide, bipolarité… J'en passe. Attributs hypothétiques extrêmement bien argumentés par des symptômes déjà très fortement ancrés dans la personnalité de mon fils : mal-être, difficulté d'intégration,

sens démesuré de la justice, hypersensibilité, et cœtera. À chaque crise de Thomas, à chacune de ses tristesses, au moindre scepticisme face à un devoir de mathématiques, mes pensées l'imaginent en futur desperado. Une si belle âme, quel gâchis !

Plus je lis, plus je me focalise sur une impasse possible, comme un chemin tout tracé. Plus je l'observe, plus je crée le scénario d'un film où Thomas glisse dans le schéma proposé. J'en oublie les pages joyeuses, celles qui évoquent les cas heureux, celles qui encouragent et suggèrent des attitudes salvatrices. Parfois, l'euphorie l'emporte, oui c'est bien de lui qu'on parle, de cet être sensible et tendre que tout semble toucher, de cet homme à venir, généreux et tellement désireux d'apporter sa contribution à l'évolution de la société. À condition qu'il traverse la tempête, qu'il soit bien guidé par des parents responsables, présents, mais pas trop, aidants, mais pas démesurément, tolérants, mais pas plus qu'il n'en faut, calmes, mais fermes. Le défi me rend chèvre.

Je tourne alors les pages frénétiquement en pourchassant le chapitre des solutions concrètes : « Comment être un bon parent : mode d'emploi spécifique pour les géniteurs d'enfants HP. » Mais j'atteins toujours la dernière page en butant sur un subterfuge habilement rédigé du style : « Il faut rendre écho à leur douleur délaissée. »

Merci. Merci beaucoup !

La cuisine, c'est le port d'attache rêvé des créatures hystériques. Là où, afin de compenser leur immense chaos intérieur, elles s'obstinent à faire régner un ordre apparent. En despote, je lève l'index droit pour assurer mon autorité : « Vous avez bien *compris, les garçons ? »* Compris quoi ? Qu'il faut ranger l'assiette tout de suite dans le lave-vaisselle. Ramasser les miettes. Ne pas laisser traîner de livres sur la table. De pantoufles dessous. De sweat-shirts sur le dossier de la chaise. Y a-t-il moins de miettes après mes aboiements, moins de livres et de crayons éparpillés ? Peut-être, un jour ou deux. Rarement plus. Y a-t-il plus de joie ?*

Tout au plus une routine apaisante.

Mes lunettes clignotent encore. J'hésite un instant, puis j'accepte l'appel de Scott.

Il y a des moments difficiles dans la vie, c'est bien connu.

L'image de sa bouille de chien battu se met à flotter dans ma chambre. J'ai envie de lui hurler : « Alors frérot, sympa, la balade au parc ? », mais je me perdrais dans les aigus. Ça donnerait une sorte de rage ridicule qui le ferait rire aux éclats. Un traître ne mérite pas de glousser. Je préfère le laisser venir.

— Voilà mon pote, me dit-il, j'ai un truc important à t'annoncer.

C'est minable, mais je ne bronche pas. Il continue :

— On t'a vu, June et moi, dans le parc, ce midi.

Il est fort, je me sens presque coupable. Il précise d'emblée :

— Mais ce n'est pas ce que tu crois.

Celle-là, je l'avais déjà entendue dans un mauvais film. Après il me crache tout d'un coup :

— June, elle est dingue de toi, alors elle a pas su te le dire en face. Elle m'a demandé que je le fasse. Son père, c'est un gars haut placé. Il a été rappelé d'urgence au Canada. Raison d'État. Elle a eu la matinée pour préparer ses affaires. Ce n'est pas vraiment prévu qu'elle revienne.

J'ai un peu de mal à accuser le coup, mais j'arrive quand même à articuler :

— Si vite ?

— Oui, elle a décollé cet après-midi, cas de force majeure.

J'avais tout imaginé sauf que Scotty prenne des allures de messie, j'en ai les jambes coupées.

Après l'appel, je reste longtemps immobile. J'ai envie de parler à Louna, mais je n'ose pas. Je suis sûr qu'elle m'en veut.

À table, je n'ouvre pas la bouche. Ma mère me dit :

— Tu l'aimais bien, cette fille ?

Je hoche la tête en me demandant comment elle sait. Pourquoi ils savent toujours tout. Puis, comme pour m'achever, mon père ajoute :

— On n'a pas le mode d'emploi, hein ?

Ce truisme me lamine.

Je ne suis pas certain d'en sortir vivant. Je suis éreinté. Pourtant, j'allume ma lampe torche.

De *Zebraska*, j'attends un miracle.

Je replonge mon nez dans ses pages et, insidieusement, avec son air de rien, l'odeur du papier me raconte ce que j'ai envie d'entendre : je vais bientôt savoir.

Pour La Grande Bascule.

L'idée m'est déjà venue de sauter quelques chapitres, voire d'aller lire la fin, carrément. Ce n'est pas très glorieux, cette impatience. Je perdrais la face et la minuscule avance que j'ai décidé de garder sur Mamiléa. Et aussi, je m'en suis bien rendu compte pendant cette hallucinante journée, les actes que je pose aujourd'hui seront mes souvenirs de demain, lorsque la fameuse balance commencera à pencher de leur côté. Qu'aurais-je à (me) raconter alors si je vais lâchement, goulûment et sans le moindre effort d'imagination, dévorer la chute ? Rien !

Je préfère jouer à deviner. Chercher des réponses à travers les indices de Mamiléa et me mettre dans la peau de Thomas. Je m'entraîne. Je me fabrique du rêve pour plus tard. C'est la seule carence de mon enfance : le rêve. Une sorte de pénurie générationnelle.

Je ne m'en étais pas rendu compte avant *Zebraska*. Je vivais sans le savoir.

Plus je sens, plus je touche les livres, plus j'observe les visages et le monde tout autour, plus je réalise avoir largement minimisé la débauche de toutes les vérités possibles. Et cette trouvaille me donne le tournis.

J'imagine le monde en 2015. C'est un paysage rouge, la couleur la plus envoûtante et contradictoire qui soit. Un ton qui secoue les sens et les sentiments, qui m'appelle et m'effraie aussi. Et c'est bien là tout son mystère : elle transpire le désir, la vitesse et l'agressivité. C'était une époque où on se gavait d'informations. On avait toujours peur de louper quelque chose ou d'être à côté de la plaque, comme Mamiléa. L'obsession rendait les gens siphonnés, narcissiques et incapables de bonheur. On était aux prémices d'un monde sans joie. Et c'est pour cette raison sans doute que les hommes s'y racontaient tant d'histoires.

Alors qu'après La Grande Bascule tout était devenu bleu, couleur de la lumière dont, soit dit en passant, la longueur d'onde varie, à peu près, entre 380 et 500 nanomètres.

Je n'ai jamais connu que la paix et le calme. Mon monde est un monde sérieux, solidaire et responsable. Tout y est étrangement parfait. Routinier.

Ce doit être le bleu qui me donne le blues, cette tristesse provoquée par l'envie de vivre des souvenirs qui n'existent pas.

Je crois que l'équilibre se trouve quelque part entre le rouge et le bleu. La tonalité ressemblerait à la fantaisie et à la douceur mélangées. Un compromis tentant.

Je tourne autour du pot. Je n'ai toujours aucune idée de ce qui nous a fait virer du rouge au bleu, ni comment mon père a été impliqué là-dedans.

Tout à coup me revient ce passage où Mamiléa affirme que des choses moches avaient été faites aux gens différents. Or, mon père l'était, différent. Et il avait joué un rôle décisif dans La Grande Bascule. Un rôle qu'on m'avait toujours caché. Était-il inavoué parce que inavouable ? Bon sang, serait-il possible que mon père ait servi de... enfin que sa tête bouillonnante ait été le siège de choses affreuses ? Si affreuses qu'on n'en parle jamais ? Je suis terrorisé.

« Quoi, Marty ? Tu t'attendais à une histoire confortable ? »

Mamiléa a fait débarquer *Zebraska* dans ma vie en me jetant à la face que mon père n'est pas celui que je crois, que mon futur repose sur un passé que je ne connais pas, et qui n'est pas forcément rose et elle se la coule douce en Afrique. Elle n'en a rien à faire que je ne dorme plus la nuit, que mes yeux coulent de fatigue sur son livre, que mes doigts me fassent mal. Elle aurait pu aller droit au but et me dire : « Il y a un truc que je dois te dire à propos de ton père, tu veux qu'on en parle ? »

Et mon père, il aurait pu me raconter, non ? Trop difficile à faire pour un type qui pense qu'on est prédestiné ! Un type qui ressemble à Dieu. Un dieu muet. Et voilà que je fertilise à nouveau du bulbe.

Avant *Zebraska*, au moins, je ne réalisais pas que je m'ennuyais tant. Je ne rêvais pas, mais cela ne me manquait pas puisque j'ignorais la force du rêve.

J'ai envie de me rouler par terre en me lamentant. Comme Thomas. Comme un vrai HP malheureux non apprivoisé. Après tout, ce n'est pas mon histoire.

Ou ça l'est trop, justement.

Je jette contre le mur ce stylo grotesque qui me donne des boules aux doigts et je me crée un paysage mental favorable. Inspirer, expirer. Voir du calme, respirer du bleu. Comme les yeux de Louna. J'attrape mes lunettes holographiques. C'est plus fort que moi, je cherche encore : 2010 2020 2030, mais le passé a la bouche cousue. Jamais je ne pourrai lui arracher un secret.

Il commence à faire très noir, la petite pomme 3D de mes lunettes holo tourne dans l'obscurité, comme une promesse. Et si j'osais ? Je penche le buste, baisse le visage sur le faux fruit jusqu'à y déposer le nez. Je ferme les yeux et j'inspire. Ça pue ! Une odeur de rien. Pauvre pomme (elle comme moi) ! Imbécile (moi) ! Crédule innocent ! Simplet ! Néandertal ! Néandertal ? Il ne faut pas penser des mots si durs envers soi ! Mais je n'avais pas songé à ce mot, c'est lui qui avait songé à moi. Il était venu de nulle part.

Et c'est là que se produit la plus étonnante séance d'histoire naturelle jamais vue. L'homme de Néandertal en personne me regarde dans la pénombre, juste derrière la pomme qui scintille en tourbillonnant, et de ses yeux trop grands, il semble me dire (*Homo neandertalensis* ne parle pas le français) : « Ce n'est pas de ma faute si je ne me suis pas adapté. Je ne suis pas une brute épaisse, je sais fabriquer de beaux outils, j'ai la vision fine... »

Charles Darwin prend le relais. Il s'est carrément assis sur la pomme, qui n'a pas cessé de tourner. J'entends sa voix doctorale et changeante (tantôt proche tantôt lointaine) me débiter sa théorie : « Les espèces qui survivent ne sont pas les espèces les plus fortes ni les plus intelligentes, mais celles qui s'adaptent le mieux aux changements. »

Avait-on adapté mon père au changement ?

Je lève la tête, mais les deux intrigants ont disparu. Je fouille encore dans mes lunettes, surfe sur des mots-clés. Le passé m'est toujours verrouillé sur La Grande Bascule, mais deux articles perdus parlent d'expériences atroces pratiquées durant la Seconde Guerre mondiale sur des juifs dans les camps nazis et d'autres sur des handicapés et des prostituées au Guatemala. Il n'est donc pas impossible que mon effroyable théorie d'expérimentations scientifiques faites sur les HP tienne la route.

La différence des hommes semble aiguiser les crocs de la science. Un frisson me hérisse les poils du dos. Comment Mamiléa avait-elle pu laisser faire ça ?

« Nous devenions des abrutis, avait-elle écrit, et, tu verras, je n'échapperais pas à la règle. »

Tout se tient.

C'est l'heure du couvre-feu et moi, j'ai mal à mon père.

Trop mal pour continuer à lire *Zebraska*. Je me dis que ce qui est passé sous silence est étrangement douloureux, et aussi que le propre d'un secret, c'est d'être découvert. Je veux donc savoir, quoi qu'il m'en coûte, là, maintenant, mais je n'ai plus la force de chercher. Je m'endors.

Dans mon cauchemar, mon père a trois yeux. Ce troisième œil, greffé en plein milieu de son front, m'explique sa raison d'être en boucle : il faut un œil pour voir, un œil pour traduire l'image au cerveau et un troisième pour en faire quelque chose de neuf, il faut un œil pour voir, un pour… Je me réveille en sursaut. J'ai le sang glacé, je deviens dingue (voilà que je parle comme Mamiléa maintenant !). Ce cerveau bouillonnant qu'elle avait tenté de calmer chez mon père avec ses idées de mère idéale, elle me le rend en pièces détachées.

Que suis-je en train de me fourrer dans la tête ? Un mélange pénible des aventures de Thomas et d'élucubrations personnelles. Je sue, mon cœur fait des percussions.

Fouiner dans l'histoire de mon père chamboule la mienne. Mais ne pas savoir ce qui lui est vraiment arrivé est pire qu'une triste vérité. Il me faut donner un sens à tout ça. J'allume ma lampe torche et j'ouvre *Zebraska*. Mamiléa y ressasse encore une de ses sempiternelles citations, celle d'un vieux poète sans doute, à moins qu'il s'agisse d'un président des États-Unis ou d'un extrait des prédictions pour les natifs du Cochon. Elle ne m'épargne rien.

Thomas n'a que onze ans...

Zebraska

En proie à l'insomnie, j'attends que quelque chose se passe. Le pire serait de ne plus rien attendre du tout. Il n'y a plus de jour ni de nuit. Pas grave. De toute façon, je n'aime pas me coucher seule. J'attends que la Voix vienne me botter les fesses. Qu'elle me somme de prendre mes crayons. Coup de pied du soir, espoir…

Mais merde à la fin ! C'est moi, l'adulte dans cette affaire. Moi qui dois trouver la force de revisiter le monde autrement. D'en détacher une vision plus drôle, de m'en imprégner et de la lui offrir. À lui, l'enfant HP, l'extraterrestre de service en orbite permanente. Et, par la même occasion, de sauver Mattéo de cette spirale infernale dans laquelle il est embarqué malgré lui.

L'idée de la nuit est simple. Si je suis si perméable aux douloureux états d'âme de Thomas, la contagion doit forcément opérer en sens inverse. Le seul moyen de nous sortir de ce marasme est donc la contamination positive. Si mon monde à moi est enchanteur, celui de Thomas le deviendra aussi.

Dès demain, je partirai reconquérir le goût des choses comme on réapprend à marcher après un accident de ski. Lentement, courageusement, accueillant toutes les options de guérison imaginables, des plus classiques aux plus délirantes.

Il y a d'abord mardi et ce rayon de soleil que personne n'a annoncé. Il s'est faufilé entre les lamelles du store de mon bureau et caresse ma feuille de dessin. Ça me donne l'envie de renouer avec le monde. Je téléphone au centre de yoga que Vic m'a conseillé, ils commencent une séance dans la demi-heure. Dans un sac, je fourre un short, un t-shirt, une serviette et du savon et je pars à pied. J'ai foulé ce trottoir des centaines de fois, mais aujourd'hui, il me semble que c'est la première. L'air est doux, je suis bien. Je suis le cours du fond de la salle, observant de loin les habitués, enviant leur sérénité. Je reste à l'écart, on m'y laisse. Je dois encore dégager une étrangeté à décourager les plus affables. On ne peut pas avoir si peu dormi, si fort pleuré, si intensément crié et espérer que cela ne laisse aucune trace.

J'y retourne une deuxième fois, puis une troisième, la même semaine.

Ensuite, chaque matin, je médite. D'abord avec la voix de Bernard Giraudeau, puis dans le silence. Je prends la pose. Assise au bord de mon lit, j'attends, mains retournées sur les genoux pliés, que les bruits du dehors et les pensées du dedans me traversent sans s'attarder en moi. Inspirant et expirant avec conviction, je décline mon mantra « hamsa, hamsa… », succombant petit à petit à l'inévitable envoûtement de mes propres phrases sacrées : « Je n'y arriverai jamais… », « Qu'est-ce qu'on mange ce soir ? » Je médite comme on va chez le coiffeur, sans conviction. Alors je me lève, m'étire, repousse l'envie assassine de caillasser la tour Eiffel et tous les touristes autour, puis je reprends la pose et mes pensées corrosives. Je ressasse. Alors, je me lève, m'étire... Je prie beaucoup aussi, mais la Voix me boude parfois.

Je suis des cours de rire. Pas longtemps, car mes éclats sonnent faux. Je rumine jusqu'à les connaître par cœur, ces phrases qui me font écho. « Nul ne peut atteindre l'aube sans passer par le chemin de la nuit », me susurre Khalil Gibran alors que, momifiée dans un papier cellophane enduit d'algues puantes revitalisantes, je résiste furieusement à l'envie de vomir.

Je chante pour m'enchanter, sous la douche, en voiture, en dessinant.

Je flirte avec ma pleine conscience, mon cerveau préfrontal.

Un jour, je décide de fouiller les méandres de mon thème astral. Je suis pétillante, ce matin-là. Il fait polaire pourtant, pluvieux aussi. Mais Victor est rentré pour quelques semaines et il a planté dans la maison son soleil et ses embruns salés. Je ne lui ai rien dit de ce rendez-vous, j'ai mes secrets. Rien dit de ma nouvelle coiffure, une version courte et pop qui me rajeunit un peu. Il ne sait pas non plus que je porte désormais des sous-vêtements couleur bouton d'or, choisis en cinq exemplaires sur un coup de tête après que la vendeuse m'a assuré que le jaune était, selon de vieilles croyances hindoues, couleur de renouveau.

En ce matin froid et humide, j'entre donc presque pétulante dans la pièce où m'attend une jeune femme, debout, près de la fenêtre. D'abord elle ne bouge pas, comme pour me laisser le temps de m'habituer à sa présence, puis elle me sourit et nous nous asseyons. Elle me sert une tisane.

J'ai, paraît-il, un Mercure fort, signe d'un esprit agile, et pour autant que je m'en souvienne, une bonne connivence entre mes valeurs vénusiennes et mercuriennes, symptôme d'une parole sympathique. Mars teint tout cela d'un franc-parler et la Lune noire d'un humour noir, justement. Pluton, enfin, titille cette façon que j'ai de tout remettre en question. J'en reste là de ma relation aux planètes, avec dans la tête un adieu aux vapeurs de spleen et, sur le bout de la langue, l'arrière-goût d'une infecte tisane couleur urine qui aurait fait entrer en hibernation un bus d'insomniaques. D'ailleurs, je dors tout l'après-midi.

Je choisis aussi de chasser de ma vie les films romantiques, les chansons tristes, les âmes cafardeuses. Je sors avec des copines jusque fort tard dans la nuit. Je pousse la porte d'une voyante qui me dit qu'elle présage pour moi de grandes choses. J'espère quoi ? Je ris. De moi. Savoir, c'est mourir. Je fuis. J'en ai déjà assez avec mon présent, qu'on me préserve du futur !

Et Victor repart.

Un jour, je rencontre un type qui plane un peu. Il est persuadé que les enfants comme Thomas appartiennent à un groupe d'âmes aux aptitudes particulières, destinées à apporter une énergie nouvelle à la planète. Il est fou ! Quoique... Il les appelle les « enfants indigo » en raison de leur aura bleutée. Nous nous revoyons plusieurs fois dans un café bourgeois que fréquente aussi ma belle-mère, ce que, bien sûr, j'ignore totalement. Je lui présente « mon collègue de travail », mais je vois bien à son œil torve qu'elle imagine un tout autre scénario.

Si ce Flavien m'a beaucoup amusée avec ses histoires d'enfants-prophètes, il m'a aussi dérangée. Au point qu'un soir je me surprends à regarder les cheveux de Thomas, craignant d'y voir apparaître une sorte d'auréole couleur nuit. Mais je retiens tout de même de son discours loufoque quelques vérités troublantes. « Ces enfants, disait Flavien, sont si sensibles qu'ils remettent en question toutes nos croyances. Ils nous renvoient l'image de nos défaillances en prenant à leur compte nos propres schémas destructeurs. Ce n'est qu'en soignant nos blessures qu'ils guériront les leurs. » N'y a-t-il qu'un vieil original New Age au prénom sorti tout droit de la Rome antique pour résumer l'affaire de manière aussi limpide ?

J'ai tout fait, tout vu, tout senti. Et à chaque fois, étrangement, un tas d'imbéciles heureux m'ont fait du bien. J'ai aussi appelé mes amis. J'ai partagé ma petite joie retrouvée avec eux. Je les ai même écoutés.

Puis Victor est revenu, plus longtemps. Alerté par sa mère, il a fini par convaincre son associé – un féru de voile qui, tout compte fait, préférait les eaux africaines à celles de sa France natale – de prendre, pour un temps, le rôle de l'expatrié. Mon homme comble désormais bien plus souvent la place vide de mon grand lit. Il lit les livres sur les enfants HP qu'intentionnellement je laisse traîner. Il assume. Je peux désormais partir hurler dans les bois sans laisser les garçons seuls. Ça me prend encore, parfois. Il lui arrive de quitter la maison, lui aussi, quand la tension y atteint des sommets. Il ne montre rien, prétexte une course idiote.

Je me demande souvent où il va hurler.

Par moments, je pense à partir, à tout quitter. Peut-être Thomas s'en tirera-t-il mieux sans moi, juste avec Victor et Mattéo. À trois.

Je me vois rouler autour d'un rond-point, la main tremblant sur le volant, les yeux fermés et le pied au plancher, jusqu'à ce qu'un camion me fauche. Mais je ne vais jamais plus loin que l'église, trois kilomètres avant le rond-point. Comme Thomas n'a jamais sauté une pierre autour du cou dans la piscine du voisin, j'en reste aux menaces.

Je crois, paradoxalement, que nous aimons trop la vie.

Un jour, pourtant, je pousse l'aventure jusqu'à faire ma valise. Je m'en vais. Vraiment. Victor et les garçons regardent la finale de Roland-Garros, enlacés, si bien qu'on ne voit plus à qui appartient quel pied. Ils sont beaux. J'embarque mes petites affaires dans le coffre de ma voiture et je roule. Je m'arrête au bord du lac par habitude, pour hurler un bon coup, je prends l'autoroute vers Paris, puis la première sortie et je fais demi-tour. Près de notre rue, je bifurque pour un tour du bloc, un second puis je rentre chez nous. Je monte dans notre chambre et je remets tout à sa place, dans la garde-robe.

— Ça va, chérie ? me demande Victor. T'es sortie ?

Il n'a rien remarqué. Rien du tout ! C'est incroyable, il voit une mouette à 100 milles en pleine mer et il n'est même pas foutu de remarquer que j'ai été sur le point de tout abandonner. L'ai-je été ?

Retrouver sa joie de vivre est une mission exigeante. J'essaie de sourire en continu, à Thomas bien sûr et surtout à Mattéo qui, dans ce nouvel et fragile équilibre, a retrouvé une part de son éclat. Cela me trouble, me submerge même, de voir à quel point, en quelques semaines, il a changé. Rien, pourtant, ne le prédestinait au théâtre.
Tout avait commencé un mercredi après-midi, dans un local trop chauffé où l'odeur de l'éponge mouillée se mêlait à celle de la sueur. « Qui se lance ? » avait demandé le professeur d'improvisation et Mattéo, si effacé d'habitude, presque transparent parfois, avait levé un doigt discret. Il avait été si drôle. Son professeur disait qu'il avait l'humour subtil des timides. Moi, je savourais l'évidence : il avait découvert le chemin pour passer de l'ombre à la lumière.

Mais mon sourire, parfois, ressemblait encore à un mensonge. Si les mamans mentent toujours un peu, c'est parce qu'elles ont peur.
Dans ma quête de la joie, j'avais atteint le stade où me mettre en poirier avec une cuiller en bouche s'offrait comme un chemin raisonnable vers la rémission.

Pour tout te dire, Marty, j'ai même pensé prendre un amant. Pour me distraire, m'amuser, me remplir. Pour être repue et épuisée, juste bonne à tenir la vie tendrement, et Thomas délicatement. Pour avoir le recul nécessaire. Et parce que, dans certains cas, le remède est dans le poison.

Mais le seul homme qui me plaisait était aussi celui qui m'exaspérait le plus. Et celui-là, je l'avais déjà ! Je n'ai pas trompé Victor, mais quelque chose en moi avait changé. En chemin pour trouver la mère idéale, j'étais molle. Une courge. Un gros légume. Inutile, mais inoffensive.

En me cherchant moi, j'étais devenue farouche.

Je pose *Zebraska* et je me repasse les événements marquants de ma courte vie. Je conclus sans hésiter que, si mon enfance s'est déroulée dans une relative douceur, c'est avant tout parce qu'on (le monde autour, moi compris) a toujours accepté, respecté et aimé le curieux bonhomme que je suis. Et si je pense plus loin, je réalise aussi que je ne suis en train de découvrir qui je suis réellement que depuis que j'ai entrepris ma lecture de *Zebraska*.

Soit quelques semaines seulement.

Et que ça me rend farouche, moi aussi.

Je crois qu'il existe des gens qui meurent sans jamais le savoir.

Aujourd'hui, je sais que je ressemble follement à mon père.

J'en prends conscience page après page. Et je me demande quel genre de gamin j'aurais été en 2015.

Et lui, Thomas, cet enfant si seul, si torturé et colérique, comment est-il devenu le héros calme et à demi souriant que j'ai toujours connu ? Que lui avait-on fait ? Et ça me rend comme obsédé. Peut-être aurais-je bientôt besoin d'un bois, moi aussi. Ou d'un étang. Au choix.

Mamiléa est givrée ! Est-ce un excès intentionnel, au service de la fiction ? Une façon de démystifier la réalité ? Ou me maquille-t-elle le passé avec légèreté pour adoucir le carnage final ? Me mène-t-elle en bateau ? Elle me tourmente avec ses phrases de chamane :

« Le remède est dans le poison. »

Parfois, elle me fait rire. Ce n'est qu'une histoire, après tout, et elle a affirmé dès les premières pages que tout se terminerait bien. D'ailleurs, j'en ai la preuve vivante.
Pourtant, certaines allusions propagent en moi une couleur prophétique désagréable.

Zebraska

À l'instar de Thomas, j'avais découvert l'immensité de ma solitude. Et le plus difficile dans toute cette histoire n'avait pas été de l'ignorer en la comblant d'activités réjouissantes, ni même de la comprendre en analysant les méandres de ma conscience, ce que Thomas, à l'aide de psychologues de tous poils, s'évertuait à dénouer, lui aussi, et qui nous offrait de magnifiques trêves. Non, le plus compliqué c'était de l'apprivoiser, cette foutue solitude. La solitude avait besoin qu'on l'aime ! Cette trouvaille impliquait la nécessité absolue d'apprécier véritablement sa propre personne, celle qu'on était forcé de se coltiner à perpétuité. Il fallait que Thomas se kiffe, qu'il kiffe sa différence et les HP du monde entier avant de kiffer qui que ce soit d'autre.

Un soir de calme inhabituel où Victor surfe sur le net et je dessine sans relâche, mon portable sonne. Je sursaute, il est tard déjà. On m'annonce que j'ai gagné le Prix international des Beaux-Arts, le fameux concours auquel j'ai participé juste pour rire. La voix me félicite, elle me dit combien ils ont trouvé mon coup de crayon drôle, ma vision du monde légère et emplie de gaieté.

Un moment, je doute, s'agit-il bien de moi ? La voix du bout du fil me traite d'audacieuse. Et je ne peux m'empêcher de penser que c'est l'audace, justement, qui m'a ardemment manqué toutes ces années. L'audace d'affronter la vie comme elle nous est donnée, ce genre de chose qui exige tellement de fantaisie. Mes dessins donnent de la joie ! Un comble ! Je pressens du coup le bonheur de Thomas teinté d'une solide dose de surréalisme. Et je le dessine, version cubisme, heureux.

Puis, j'éteins mon ordinateur, remarquant pour la première fois ce sigle au bas de l'écran et qui me rappelle inutilement mon obsession : HP !
Et je me dis que nous sommes maudits.

HP. Maudits. Je reste bloqué sur ces mots. Il y a de nouveau quelque chose de franchement inquiétant là-dedans. L'idée dégage en moi un affolement proche de la frayeur.

Je pourrais lire encore, mais je sens qu'il faut que je digère. Entre le départ de June et cette irrépressible sensation que, dans *Zebraska*, le pire est à venir, j'ai très mal dormi. Il fallait s'y attendre. En classe, June manque cruellement au paysage. Son vide laisse toute la place à ce terrible mot qui me colle toujours au cœur et au corps. *Maudit*. Mon père est-il maudit ? Et moi, le suis-je aussi ?

Le soir, je fais ce que j'aurais dû faire depuis longtemps, j'envoie un message à Scott et à Louna : « Il faut qu'on se voie. Demain, 16 h 30, au *Café des Trois Rois*. » Avec cette phrase-là, qui semble empruntée à un film de contre-espionnage, je plante mon hameçon bien profond dans leur curiosité. C'est ma vendetta à leur étroitesse d'esprit.

Je sais pourtant que, dans le fond, ils s'inquiètent pour moi, qu'ils ne comprennent ni mes silences ni mon air absent. Je ne sors plus beaucoup avec eux. En réalité, je crains qu'ils s'y habituent. Je leur en voudrais davantage de m'ignorer. Or c'est moi qui m'isole. Je n'ose pas partager. Mais qu'aurais-je pu leur dire ? « Je lis un livre, les amis, et je comprends peu à peu qu'à force d'exister sans histoires on n'éprouve plus rien. Que notre imaginaire s'est éteint. Qu'être HP, avant, c'était galère. Que mon père est un autre et que je suis sur le point de découvrir… » ? Ridicule !

Pourtant, la vie, c'est comme un puzzle, avec tous ces petits morceaux qu'il faut minutieusement emboîter : la tristesse, la peur, la joie, l'amour, le chocolat, le chou, les lundis, les coups de gueule et les câlins. Il ne faut pas rester tout seul pour imbriquer ces fragments, surtout quand on est comme moi, ni brave ni demi-dieu.

Le lendemain, à 16 h 33 précises, je pousse la porte du *Café des Trois Rois*. L'endroit est déjà envahi par les étudiants dont les rires et les effluves me tombent dessus. C'est violent, presque douloureux. Mes amis sont installés au bar. Louna me fait un petit signe de la main. J'ai l'impression de ne plus l'avoir vue depuis longtemps. Dans le fond, c'est un peu le cas.

Je franchis les derniers mètres qui me séparent d'eux, elle descend de son tabouret, je suis à sa hauteur maintenant, elle met sa main sur ma joue, une main chaude et douce, portée par des poignets très fins. Je perçois comme un chant d'oiseaux, une brise légère me caresse la nuque. J'entends toujours les bavardages du monde, mais ils sont ouatés. Louna en a baissé le son. Ses dents très blanches lui mangent toute la bouche, ça lui donne un sourire hallucinant qui fait pétiller ses yeux. Je m'assieds, Scotty m'assène une tape virile dans le dos et je raconte tout d'un coup, enfin une sorte de gros résumé.

— Merde, ça fout les boules, me dit Scott. Elle est pas un peu folle ta grand-mère ? T'es sûr que tu veux savoir ?

Je réponds sans vraiment réfléchir que je veux la vérité. Mais je crois que si j'avais réfléchi je lui aurais dit la même chose. Louna trouve Mamiléa « trop canon ». Elle me promet aussi que la vérité sur mon père, ça me rapprochera de lui. Son air convaincu me réconforte un peu.

Les jours qui suivent, je ne leur parle que de *Zebraska*. J'ai des semaines de silence à rattraper. Un peu comme Mamiléa avec Thomas, c'est devenu mon seul sujet de conversation. J'assaille Scotty d'informations, j'essaie de le persuader de m'aider à y voir clair, je lui pose mille questions auxquelles il ne sait pas répondre et je sens bien qu'il préférerait qu'on aille rejoindre les filles au parc. J'insiste, je manipule, je menace. Je déteste perdre. Je suis un zèbre, tout de même !

Mais pour la première fois, j'ai peur de le faire fuir, de paraître trop différent, de devenir comme Thomas, avant. Heureusement, Scott fait très bien semblant de m'écouter. Il aurait pu devenir diplomate, surtout avec ses cheveux de lion et ses grands yeux de bébé phoque qui invitent à la confiance. En fait, je crois qu'il a toujours aimé me protéger. Il prend ça comme une mission. M'écouter, c'est juste le prix à payer !

Moi aussi je simule parfois. Par exemple, quand tout à coup il marche comme un gorille parce qu'on croise Albertine, la Vénus de 1^{ère}D, ou quand, pour me taquiner, il me bouchonne le crâne de ses poings vigoureux et que ça me brûle tellement que j'ai l'impression que mes cheveux vont prendre feu. Il m'agace infiniment. Dans le sens mathématique du terme. Mais je ne dis rien. Je sais que la légèreté fait partie de lui. Comme il sait ce qui m'est essentiel. Même si on ne se comprend pas toujours. Même si mon mérite est un peu gâché puisqu'on me répète depuis tout petit : « Ne vois jamais dans l'attitude des autres une attaque personnelle. » Je suis un bon HP bien entraîné. Lui, un normo-pensant tolérant, comme l'air du temps. Mais je crois qu'il y a toujours eu plus entre nous, une sorte de valeur ajoutée, cette liberté mutuelle qu'on s'offre d'être qui on est et de constater, pour finir, que la comédie de l'autre nous réjouit toujours.

Il faudrait que je remette la main sur mon dictionnaire personnel, que j'y ajoute cette définition.

Lettre A
L'amitié, c'est…

Avec Louna, c'est différent. Il ne s'agit pas tant de la convaincre de l'intérêt de mes trouvailles – elle a la curiosité aiguisée et l'esprit azimuté d'une vraie zébrelle – que de lui prouver mon attachement profond.

Elle semble toujours plus distante. Comme si une feuille, si fine qu'on pourrait la déchirer en soufflant dessus, s'était glissée entre elle et moi. Mais une feuille quand même. Ce n'est ni laid ni triste. J'ai même pensé : *Bouder soulage, c'est un peu comme gueuler un bon coup au fond d'un bois !* Il faut juste que la durée de son attitude ne se compare pas à une portée de missile balistique. Soit plus de 6 000 kilomètres. Soit trop long pour moi.

Bref, Louna me boude un peu depuis trop longtemps. À cause des filles en général et de June en particulier, dont elle n'ignore rien, cette fille trop jolie qui m'avait fait transpirer juste parce que je la faisais rire, que son soutien-gorge était plein et son sourire sexy. C'était nul, j'en conviens.

Alors, pour lui dire que c'est elle que j'aime, je cherche ces mots dont la couleur me rassure comme *ailes, samedi, pomme…* Et ça donne des phrases loufoques comme : « Viens avec moi, ma pomme, samedi je te donnerai des ailes », ce qui, dans son état de fragilité, semble assez maladroit.

Je répète ensuite devant le miroir un argumentaire travaillé, exactement comme M. Leduc nous l'a appris (introduction, développement, conclusion et proposition pour l'avenir), me passant la main dans les cheveux, pour la contenance et la décontraction. Le résultat dialectiquement irréprochable me vaudrait certainement une remontée dans l'estime de mon professeur, mais un zéro pointé auprès de Louna.

À la fin du cours de nanotechno, le seul qu'on a en commun, je l'aide à ranger ses affaires. D'abord, elle m'ignore, je n'insiste pas, même si j'ai déjà pu l'observer avec maman, les femmes aiment bien, parfois, quand on insiste un peu. Bref, c'est compliqué. J'aimerais que ce soit facile, qu'elle lacère la microfeuille entre nous et tombe dans mes longs bras, qu'elle m'embrasse devant tout le monde, que je me sente comme un roi. Mais ce n'est pas ce scénario-là qui se déroule. Je prends sa main dans la mienne, elle l'y laisse. Je voudrais m'arrêter là, mais ses yeux attendent quelque chose. Des mots. Ces mots que je suis pourtant capable de manipuler comme un despote et qui me rient au nez dès que l'émotion s'en mêle. Je ne maîtrise pas exactement ce que je dis. Je suis emporté par le désir de la charmer et la peur de la décevoir. Je crois que je raconte le moment où mon père m'a donné le livre, la façon bizarre, presque charnelle, dont il m'a attiré puis comment je suis entré dans son histoire. Je parle vite, comme si les syllabes allaient se défiler et le visage de mon père m'apparaît sans cesse. Je décris ses yeux d'enfant curieux, ses sourires provisoires, ses vagues à l'âme. Je ne choisis rien. Je ne cherche plus à séduire. Je parle de mon père. Et Louna m'écoute.

C'est alors que je lui dis :

— Viens, je vais t'emmener là où je n'emmènerai jamais aucune autre fille. À *Zebraska* !

Ce n'est pas beaucoup moins insolite que mes histoires d'ailes, de pomme et de samedi, mais, à cet instant précis, rien ne m'apparaît plus sensé. Vient un long silence, un trouble magistral dans ses yeux. Elle m'embrasse ! Bien sûr, ça nous est déjà arrivé mille fois, pourtant le baiser est inédit. Plus gourmand, plus sanguin. Il a la couleur d'un volcan, le goût du chocolat noir et l'odeur de l'été. Pendant que ses mains caressent mon cou et que nos langues entortillées s'affolent, je pense aux deux cent cinquante sortes de bactéries que nous sommes occupés à nous échanger et à quoi ce bouillon doit ressembler au microscope. Et, alors que j'en veux terriblement à Mamiléa d'avoir remis ma fantaisie en rut, je sens l'abandon s'en prendre à moi. Me défier. Me terrasser !

Louna voue un culte particulier aux voyages. Je raffole d'eux moi aussi, cette insouciance qu'ils m'apportent, leur fragrance d'aventure. Mais pour Louna, partir possède quelque chose d'inéluctable, cette force particulière qui transforme le désir en besoin. C'est sa bulle d'air frais, son lopin de terre libre, là où elle croise ces gens qui ne l'ont jamais vue et qui n'attendent rien d'elle. Elle aime les rencontrer, leur parler, échanger des regards et des cadeaux. Elle est très à l'aise dans ces situations.

Moi, ça m'a toujours un peu tendu, les gens.

On me parle d'Afrique et j'imagine des animaux sauvages et leur évolution depuis leur apparition sur la terre, une plage éventuelle et son nombre de grains de sable, une latitude et une longitude, une capitale animée d'un nombre précis d'habitants. Toutes ces choses que, grâce à l'avion, je verrai bientôt.

Elle, elle voit les personnes, imagine comment elles se comportent, se demande pourquoi.

Que verra-t-elle dans *Zebraska* ? Des individus d'ici qu'elle ne pourra même pas toucher ?

Un samedi matin où nous sommes tous les deux dans ma chambre, je lui lis à voix haute les premières pages. La magie opère aussitôt. *Zebraska* devient un village lointain, Mamiléa, Thomas et Mattéo, puis Victor et les autres, autant d'autochtones à apprivoiser. Les concevoir mentalement, inventer leur odeur, conceptualiser leur lieu de vie, entrer dans leur tête, tout cela lui plaît. Je lui scanne les premières pages, puis les suivantes, gardant toujours pour moi l'avantage d'un chapitre d'avance.

Scott ne supporte pas longtemps l'idée de ne pas tremper dans notre histoire. Il semble intrigué tout à coup. Alors lui aussi se met à déchiffrer les pages. À mon grand étonnement, il s'en tire plutôt bien. Très vite, il me talonne dans la lecture, me demandant si Mamiléa est toujours barge à la page 83, si mon père a fini par casser la gueule à ce « p'tit con de John ».

Au sommet du grand escalier, à 16 heures, du lundi au vendredi, nous parlons désormais de La Grande Bascule, craignons le pire sur la vérité à venir. Nous philosophons sur l'amour maternel. Louna se demande pourquoi sa peau est si mate. Peut-être a-t-elle du sang indien ? Scott s'interroge quant à ce grand-père qu'il n'a pas connu et dont personne ne lui a jamais parlé.

Je me sens moins seul.

Quelque chose entre l'envie et le rêve s'éveille en eux, quelque chose de pétillant, de fort et de voluptueux. Je n'ai pas beaucoup d'amis, mais dans ce secret partagé, je comprends combien ils me sont précieux.

Ainsi, *Zebraska* est arpenté par de nouveaux visiteurs. Cependant, alors que nous partageons la même lecture, chacun repart chez lui avec sa part mystérieuse du voyage, impénétrable pour les deux autres. Et je me dis qu'au final explorer se conjugue toujours à la première personne du singulier.

Le hic, c'est que, quand je suis seul et que je pense très fort à moi, à la raison pour laquelle j'existe, à la mort aussi, je me sens mal. Le mystère est trop grand, scientifiquement trop inconcevable pour être inoffensif.

Pourtant, de plus en plus, je m'efforce de côtoyer ces énigmes existentielles et je me dis que, parmi toutes les questions que je me pose, celle de savoir combien de grains de sable peuplent la plage de Zanzibar n'est peut-être pas la plus fondamentale.

Un soir, juste avant le couvre-feu, alors que je me pose à nouveau mille questions inutiles au lieu de tenter de répondre efficacement à la seule qui me préoccupe vraiment, je reçois un message sur mes lunettes holo. Louna a déniché un article datant de 2011 évoquant des manipulations génétiques secrètes :

Des laboratoires américains ont fabriqué, dans le plus grand secret, des chimères : des êtres mi-humains, mi-animaux. Ils affirment faire ainsi avancer la science en maîtrisant complètement le vivant. Ils prétendent travailler avec la nature et non contre elle, aidant l'humain à s'adapter à son environnement. Mais de nombreux scientifiques s'élèvent contre ces expériences immorales. Entre autres, celles destinées à créer de nouvelles espèces de soldats humains plus combatifs et résistants.

Je reste longtemps devant ma pomme 3D. Médusé.

Zebraska

Thomas a douze ans. Après de nombreuses discussions controversées, nous l'avons inscrit dans un collège anglais de très bonne réputation. La difficulté de la langue le tiendra à l'abri de l'ennui, l'environnement neuf et favorisant l'éveil intellectuel lui permettra d'être lui-même, enfin, nous l'espérons.

L'approche de la rentrée l'a rendu particulièrement infernal :

— Ils sauront qui je suis, je n'y arriverai pas, comment faire s'ils se moquent ? Je suis nul !

— Ils ne sauront rien, Thomas, si tu ne te mets pas en colère. Si tu ne montres pas tes émotions, tout ira très bien. Tu es un petit gars génial ! Tu verras, tout ira très bien.

Mais à ces mots sans cesse répétés, une sorte de lucidité surprenante me glisse à l'oreille qu'en matière de relations mère-fils j'ai atteint le poste frontière de la banalité. Je me sens comme un mollusque ordinaire pris dans les filets de l'extraordinaire. Le moment est venu de savoir si je possède un tant soit peu d'originalité pour emmener Thomas de l'autre côté. La réalité ne nous suffit pas, c'est indéniable. Dans ma vraie vie de mère, j'ai mille ans.

J'y ai tout vu, tout fait, tout vécu. Alors, pour ne pas mourir sous le poids de mes rides immondes, je dessine et je dessine encore, espérant trouver sous mon crayon fantaisiste l'image qui me sauvera des radotages de vieille femme et des poils gris au menton. Il y a Thomas assis en classe et souriant, Thomas debout, sûr de lui et mains en poches, Thomas entouré de copains fictifs, Thomas... fade, banal, nul, conventionnel!

Puis, sans savoir pourquoi, ma main esquisse un zèbre, un drôle de zèbre avec de grands yeux sombres, portant un costume d'antilope, un cahier d'écolier sous le bras et qui se tient, hilare parce que incognito, au milieu d'une classe d'antilopes. Et je me dis qu'il n'y a pas mieux que le crayon pour convertir les petites tragédies en comédies.

Je glisse le dessin sous la porte de sa chambre...

C'est loin d'être un homme, mais ce n'est déjà plus un petit garçon. Il porte trop bien ce terrible contraste. Je le regarde marcher vers la grille de son collège, tout de travers. Son pas long et incertain évite le joint des dalles. Ses pieds devenus aussi grands que les miens ne sont plus très habiles à ce jeu. La démarche tient plus de l'entrechat d'un kangourou que de la foulée assurée d'un ado bien dans sa peau. Pourtant tout y est, le costume est parfait. Il passe la grille. Je m'apprête à démarrer et voilà qu'il laisse tomber son classeur. Quelques feuilles s'en échappent. Derrière lui, ça ricane un peu. Personne ne s'arrête. Pourvu qu'il ne perde pas confiance! L'envie me brûle d'aller l'aider, de lui dire de marcher autrement, de tirer plus bas encore le jean porté à mi-fesses de ce petit merdeux qui enjambe la farde de mon fils avec indifférence, de… Mais je lui dirais alors qu'il n'est pas capable de marcher seul. Il se sentirait plus nul encore. Je ne veux pas qu'il devine mon inquiétude, je ne veux pas l'empêcher de grandir, je veux juste qu'il n'ait pas mal. Je crois que c'est là le destin de toutes les mères. Et quand elles ont des enfants différents, c'est juste un peu plus palpitant !

Thomas est une terre sauvage et inconnue, un univers surréaliste qui me pousse à créer, à me noyer dans mon taille-crayon pour y retrouver un certain relief égaré. À ma table de dessin, je crayonne un zèbre un peu empoté qui frotte sa farde sale. Les antilopes se marrent, mais il n'a pas l'air ridicule. Il est plutôt mignon et tellement attachant. Je crois même qu'il rit de lui. Cela lui donne une certaine contenance, cette conscience de sa gaucherie. Un air de dire : « Ouais, je suis un brin étourdi, mais ça me fait bien rigoler. » Mon crayon s'exprime mieux que moi. Il est plus fantasque, plus subtil. Plus extraordinaire ! Pourquoi n'y ai-je pas songé plus tôt ?

Je me souviens d'autres étourderies, des bourdes du passé qui nous ont fait comprendre que Thomas n'était pas taillé dans l'étoffe des superhéros : Thomas tombe dans la rivière, Thomas tape dans le vide au judo, Thomas marche dans le popo, Thomas s'énerve sur ses lacets, Thomas laisse tomber ses jumelles au théâtre, Thomas se brûle avec sa soupe et crache le tout sur son frère qui hurle, Thomas casse mes lunettes dans un soubresaut, les coudes de Thomas glissent de la table et il s'y pulvérise la mâchoire, le thé de Thomas déborde de sa tasse, il rit et renverse le liquide jaune sur mon chemisier blanc... Après ça, on le voit mal sauter d'immeuble en immeuble à la poursuite d'un hors-la-loi féroce et mener un combat à mains nues contre les forces du mal ou coller une baffe à un impertinent. Lui, c'est plutôt Max la Menace que James Bond. Mais j'ai un petit faible pour Max. Il m'émeut, il me fait rire. Je déteste les gens prétentieux.

Je dessine toutes ces bévues. Elles cessent de m'agacer, de m'inquiéter. Max la Menace est un antihéros zébré tout à fait charmant.

Thomas, sautant d'un pied sur l'autre, regarde la liasse de mes dessins, posés sur la table pour lui.

— Ah, alors tu m'as vu exploser mon classeur devant le collège ce matin ?

— C'était très mignon ! Comment s'est passée ta journée, aujourd'hui ?

— Ça va ! Dis, tu sais qu'il n'y a que 31 536 000 secondes dans une année ?

— Tu trouves ça peu ?

— Dans l'absolu, oui. Par contre, 25 200 secondes de cours par jour, c'est énorme ! Imagine qu'on enlève les secondes de récré, de changement de cours, de pause du midi, des cours inutiles comme religion et gym, de toutes les présentations orales d'élèves, il ne resterait qu'environ 14 000 secondes de cours par jour, soit une grosse matinée. Pourquoi des profs ne viendraient-ils pas me donner cours tous les matins à la maison, on irait plus vite ?

— Eh bien, d'abord ce serait impayable ! Puis tu serais tout seul.

— Je ne vois pas où est le problème !

235

— Le collège, c'est un peu une école de vie, un brouillon pour apprendre à te faire une place dans la société. Ça t'apprend à vivre avec les autres. Même si ça te paraît difficile, c'est une sorte d'entraînement pour plus tard.

— Mais, on pourrait faire ces cours à plusieurs, plusieurs comme moi.

— C'est pas la vraie vie, Thomas, c'est un peu comme si on pipait les dés. Tricher n'est pas la solution, c'est reculer le problème. On ne choisit pas le monde qui nous entoure, mais bien la façon dont on s'y promène.

— Ouais, ben moi, je ne me promène qu'à la bibliothèque. J'aurai bientôt épuisé tous les bouquins. Les autres, ils sont toujours en groupe et je n'aime pas les groupes. Je connais qu'un type dans tout le collège et il ne me dit jamais bonjour. Quand je passe, il dit des trucs à ses copains et ils se marrent !

— Et tu fais quoi ?

— Je les ignore.

— Tu ne te mets pas en colère ?

— Non ! Là, si je pique une crise, je suis mort ! La tête de Turc pour six ans, non merci ! J'ai déjà donné !

— Tiens, il est bien ton nouveau prof de sciences ?

— Pas mal !

— Tu n'irais pas faire tes devoirs ?

— RAF !

— Quoi, RAF ?

— Rien à faire !

— Thomas, s'il te plaît !

— Quoi ? J'ai déjà passé toute la journée à me concentrer sur des trucs ennuyeux, à ne pas regarder

par la fenêtre, à ne pas gesticuler, à ne pas poser de questions qui pourraient paraître débiles, à ne pas me mettre en colère quand on se fiche de moi, à ne pas mâchouiller mon stylo, à piger un mot sur dix au cours d'anglais. Alors...

— *Alors, tu vas faire tes devoirs comme tout le monde !*

— *Les autres, ils n'ont pas dû faire autant d'efforts que moi. Ils se sont amusés aussi.*

— *Peut-être, mais ils mettront plus de temps que toi pour faire leur devoir de math, alors ne vois pas que les choses négatives !*

Thomas s'en va en tapant du pied. La porte de sa chambre claque, me signifiant que je suis pareille aux autres, incapable de le comprendre. Je me console dans ce nouveau rôle de vieille emmerdeuse qui me rapproche un peu des parents d'enfants « pas différents ».

Sauf que là, en haut, un hurlement lancinant déchire la fin d'après-midi.

L e texte sur les chimères envoyé par Louna m'a pétrifié.

Je lis quelques pages de *Zebraska* pour me changer les idées, mais l'image de Thomas hurlant dans sa chambre n'arrange rien. Ce qui m'horrifie particulièrement, c'est le raisonnement de Louna. L'idée qu'on ait pu modeler des hommes transgénétiques pour les adapter au « système » ne lui semble pas invraisemblable non plus. Elle pense donc comme moi.

Pourquoi les HP auraient-ils été de bons sujets ? Leur façon de mouliner sans cesse ? Pour créer quoi ? Avec l'agilité physique de Thomas, certainement pas de bons soldats !

Je repars dans mes sempiternelles interrogations lorsque ma pomme se remet à scintiller. Louna m'envoie le compte rendu d'un reportage datant de la même année. Il y est question de *ladyboys*, des hommes transformés en femmes à coups d'hormones et d'opérations. Louna n'a pas eu besoin d'y ajouter un commentaire. Je sais qu'elle ne juge pas l'acte de « devenir qui on veut être », cependant, son message est clair : si ces transformations artificielles à motifs personnels avaient été culturellement permises en Thaïlande, pourquoi l'Occident n'aurait-il pas fini par admettre qu'on puisse modifier génétiquement certains hommes à des fins scientifiques ou politiques ?

Scott, dont la créativité originelle est moins extravagante, s'oppose sans hésiter à l'éventualité d'un papa hybride.

— Vous êtes toqués, tous les deux !

Lui préfère la première option, celle du pater cobaye, l'histoire du garçon différent à qui on aurait fait, sans scrupule, quelques tests thérapeutiques inédits.

— Ce n'est pas moins dément que des manipulations transgéniques, riposte Louna.

— Peut-être, pourtant, c'est un fait avéré : l'époque était égoïste. Pour assurer la sécurité du plus grand nombre, ils étaient prêts à sacrifier les moutons noirs. Mamiléa a été claire en parlant de l'âge d'or du stéréotype.

— Ah bon, tu sais lire toi maintenant ? Quoi qu'il en soit, La Grande Bascule s'est produite parce que l'homme a outrepassé les lois de la nature ! Les chimères en seraient un parfait exemple.

— Écoute Louna, je n'ai peut-être pas ta fantaisie ni ta subtilité, mais je me suis renseigné moi aussi. Tu savais, toi, qu'en 1963 des détenus de Washington avaient reçu de fortes doses de rayons X aux testicules afin d'observer les effets sur la qualité du sperme ?

Tu crois qu'on aurait joué avec les parties génitales d'un bon bourgeois bien-pensant ?

— Évidemment, dès qu'on peut parler testostérone… Tu regardais quel site quand t'es tombé là-dessus ?

— Ha, ha ! Très drôle !

À trois, on peut rire très fort et aller loin. Très loin. Tout cela semble puéril, fantasque, irréaliste. Pourtant, des fous avaient bien enfermé des milliers de juifs dans des camps, alors pourquoi pas un Auschwitz de HP ?

Parfois j'ai l'impression que notre imagination n'est même pas à la hauteur de la réalité.

Ce matin, je suis seul au stand de tir à l'arc en plein air. J'enchaîne plusieurs lancers incertains, maladroits, tout en réfléchissant : un fœtus reçoit-il de manière aléatoire les gènes de ses parents ou choisit-il instinctivement ce qui est le mieux pour lui ? Je crains qu'il ne choisisse pas, sinon personne n'aurait de gros nez ni de poils dans les oreilles. Alors, qui nous attribue quoi et en fonction de quels critères ? Physiquement, à part mes cheveux – qui sont roux comme l'étaient ceux de ma grand-mère – je ressemble plutôt à ma mère : yeux clairs, sourire conquérant, mais j'ai l'âme bornée et solitaire de mon père. Je possède sa rage, ses sens exacerbés et ses neurones aux abois. Quel est l'intérêt scientifique de cette affectation ?

Je ne sais pas. Ce que je sais, c'est que, depuis que je lis *Zebraska*, je comprends mieux les silences de mon père, son air sérieux et la puissance de son regard. Ses mots choisis, rares et qui troublent bien plus que l'ouïe. Je comprends mieux cette impression que j'ai toujours eue qu'il en sait bien plus que les autres dans certains domaines, qu'il possède une connaissance particulière du monde et qu'il lit en moi. Tout ça m'a toujours donné l'illusion d'un être inaccessible. Maintenant je sais aussi qu'il est tout autre. Vulnérable.

Je regarde ma cible trouée, déchiquetée en son centre. J'aimerais percer le secret de La Grande Bascule avec la même élégance. Parce qu'elle est, j'en suis certain, le maître silencieux de ma destinée.

Le soir, au dîner, j'observe encore mon père, à son insu, lui cherchant un troisième œil caché ou toute sorte d'autre bizarrerie. Je deviens aussi psychosé que Mamiléa scrutant chez Thomas une hypothétique aura indigo !

À le regarder souvent, il me semble plus vivant. L'écran entre le monde et moi s'est comme désactivé. Je touche et je frissonne. Je ris plus fort. Parfois je me laisse pleurer. Je suis plus animal en somme. Et la sensation me démange comme un pull en laine qui gratte la peau.

Le couvre-feu impose peu à peu ses contours flous aux choses et aux sentiments, je prends ma mère dans mes bras. Je la serre un peu, juste pour sentir combien elle est fragile elle aussi et je lui dis merci. Merci suffit. C'est un mot gracieux, couleur soleil, fragrance lilas. Alors que je le prononce, tout bas, près de sa joue que je viens juste d'embrasser, je vois le duvet de sa peau qui se hérisse et je me demande si Thomas a chuchoté les mêmes syllabes à Mamiléa.

Je pense fort, je pense trop. Je dors trop vite.

Puisque plus rien désormais ne reste en surface, j'ai du mal à gérer les embouteillages d'émotions qui klaxonnent à l'intérieur. J'ai beau voir bleu, respirer en trois temps, me fondre dans les yeux de Louna, mon cœur s'emballe quand même. « Bonjour maman » ; « j'avais découvert l'immensité de ma solitude » ; « à force d'exister sans histoire, on n'éprouve plus rien » ; « vous êtes toqués tous les deux » ; « barjot » ; « en plein dans le mille » ; « range ta veste Martin s'il te plaît » ! J'essaie d'assassiner les mots, de les buter à l'arc à flèches, mais tuer en vain le mot *gamberger*, c'est toujours gamberger !

La nuit, les phrases prennent des formes terribles. Elles s'étirent et s'assombrissent, décuplent leur force et, au lieu d'apaiser ma conscience, elles l'excitent davantage.

Cette nuit, tout est calme, pourtant rien ne paraît tranquille. Il y a cet œil, cet œil énorme qui me défie. Je me lève et je parcours l'appartement pieds nus. Aller-retour, aller-retour… Je bois un jus de raisin à la cuisine, puis je reste devant la porte entrouverte de la chambre de mes parents et je les regarde dormir. J'ai envie de réveiller mon père, je me sens enfin prêt à lui parler vraiment. C'est pourtant simple : « Papa, il est

4 heures du matin, j'aimerais qu'on discute, toi et moi. » Je n'ose pas ! Est-ce lâche ? Je pourrais simuler un malaise ou provoquer un bruit bizarre qui laisserait présager l'intrusion d'un voleur. Il me ferait avaler une gélule salvatrice ou m'assurerait que tout va bien. Il retrouverait ensuite son oreiller et moi, ma solitude éveillée.

L'aube ne vient pas. Moment parfait pour reprendre *Zebraska* où je l'ai laissé. Mais je crains que la fatigue gâche les dernières pages, celles justement qui méritent bien toute mon attention. C'est un peu comme les derniers carrés d'une grande boîte de chocolats, je redoute de les avaler goulûment et de regretter ensuite de n'avoir rien savouré. Il fait encore noir et, pour la première fois de ma courte vie, je vais défier grandement la loi du couvre-feu. Il faut que je me purge la tête, avec du vide, comme mon père faisait avec ses jeux électroniques, ceux où on se sent tout-puissant et où personne ne nous demande rien. Transgresser les règles me fait frissonner d'une sorte de joie glaciale. J'allume mes lunettes holographiques, comme le ferait un exalté, comme on s'octroie une drogue ou qu'on se choisit un bouc émissaire. Et je comprends combien le couvre-feu nous est salutaire, combien la limite nous empêche de tourner fou. Aurais-je été ce qu'ils appelaient un geek en 2015 ?

Je choisis un de ces exposés illustrés, conçus pour nous occuper ou nous instruire. Pas pour nous faire rêver. Je n'aime plus ces images imposées du monde qui m'entoure. Ni ces fantasmes clés sur porte ni cet écran qui les raconte en défilant au rythme de mes doigts, trop vite et sans humour.

Et je me dis que, sur une terre si routinière, être habité par une belle histoire, c'est vraiment le pied !

Déjà la fin du couvre-feu. L'aube pointe doucement son nez. Je m'appelle Marty et j'ai enfreint la loi.

Je suis un anticonformiste.

J'ai trois yeux moi aussi !

Et d'y penser, mon cœur s'emballe.

J'éteins mon holo.

Zebraska

Thomas tourne autour de la table, surfe en chaussettes sur le plancher, manque de s'y étaler. Victor dit :

— Thomas, calme-toi, s'il te plaît !

Thomas parle fort, redoutant de ne pas être entendu. Pousse quelques cris de Tarzan dont la mue se fait attendre.

— Thomas, j'adore te sentir joyeux, mais tu me rends folle, là.

Il s'immobilise. Ouvre le frigo. Ferme le frigo. Rouvre le frigo. Prend un chocolat. Tourne encore.

— Thomas, mange à table !

Il s'assied. Plutôt s'affale. Se ronge les ongles. Tape nerveusement son pied au sol. Délaisse ses ongles au profit d'un capuchon en plastique.

— Thomas, tes dents !

Victor, imperturbable, garde le nez dans son bouquin. Je bouillonne ! Ça monte en moi comme un feu. Je suis ce feu. Thomas est le feu. Mes yeux le sondent.

— Maman, pourquoi il faut faire partie d'un groupe ?

Je regarde Victor avec insistance. J'aimerais qu'il réponde à cette question. Que sa spontanéité terre à terre en vienne à bout. Il dit :

— *Il ne faut pas forcément faire partie d'un groupe, mais disons que ça rassure de se sentir entouré, de partager des idées.*

— *Et pourquoi est-ce difficile d'entrer dans un groupe quand on n'est pas pareil ?*

— *Parce que, justement, le groupe exige une certaine conformité. On se sent fort parce qu'on se ressemble. C'est comme une sorte d'égoïsme, mais à plusieurs.*

— *C'est crétin !*

— *Un peu, c'est vrai. Malheureusement à ton âge, quand les ados se cherchent, le groupe c'est important. On s'y identifie et ça donne l'impression d'être reconnu.*

— *Ils ont toujours besoin de ridiculiser les autres ?*

— *Disons qu'ils ont leurs mauvaises raisons.*

— *Comme quoi ?*

— *Eh bien, la peur ou la jalousie.*

— *Pourquoi serait-on jaloux de moi, en quoi je ferais envie ?*

— *Tu es super malin ! Et très beau aussi, quand tu arrêtes de gesticuler !*

— *Eux, non seulement ils ont le look, en plus, ils sont forts en sport et certains sont même super malins.*

— *Oui, mais toi tu es différent. Tu as ce petit quelque chose qui leur fait peur et dans un certain sens, ils l'envient.*

— *C'est compliqué !*

— *Oui, la vie est compliquée. Sinon, on s'ennuierait ! Peut-être qu'il ne faut pas toujours chercher à comprendre. Et ne pas prendre tous les affronts pour soi. Personnellement, je veux dire. Rire de soi, c'est très déconcertant pour les autres ! Tu devrais essayer.*

Il ne parle pas souvent, mon homme, mais quand il s'y met, je suis épatée.

L'après-midi, ma pile de dessins a disparu. Mattéo n'y a pas touché. Victor n'a rien vu. Et je ne veux pas avoir à demander à Thomas. Je viens de me disputer avec lui concernant son addiction aux jeux vidéo. Il dépasse systématiquement les horaires imposés, se recroquevillant dans un monde qui, certes, lui vide la tête, mais l'excite, le retranche et l'asservit. Il ne parle plus que de ça, plombant nos repas de récits de batailles virtuelles pour lui enivrantes et compromettant par ses conversations hypnotisantes des relations amicales déjà hypothétiques. À la bibliothèque ou dans ses jeux, Thomas s'isole. Se tenir à l'écart lui évite la fausse manœuvre, la réaction malheureuse ou la colère tant redoutée.

Le soir, en échange de mes croquis subtilisés et qui, de toute façon, lui étaient destinés, Thomas glisse sous mon oreiller une fresque immense. Ses personnages y sont disproportionnés et maladroits, désarticulés, sans doute à l'image de sa réelle perception du genre humain. Mais ce qui leur donne une inélégance particulière n'est pas tant leur balourdise que le contraste de leur inesthétique avec la perfection technique du décor. Les maisons, les immeubles, les ponts et les jardins possèdent une géométrie divine. L'harmonie des traits et la justesse des proportions dépassent de loin mes capacités graphiques.

Minuscules, écrasés par un paysage urbain féerique, les hommes y semblent handicapés par leur grossièreté. J'y reconnais Thomas parlant à un certain Barthélemy, tous deux cachés derrière une BD. J'y vois des professeurs antipathiques qui ont des bouches immenses, d'autres moins, des ados idiots qui vident des cartables par-dessus les escaliers ou piquent les slips de bain au cours de natation (c'est un grand classique), d'autres plus sages ou indifférents. J'y sens l'ennui, la fatigue, la tension, la peur aussi, puis le rêve tout autour, l'évasion.

Thomas était entré dans ma brèche, il y avait engagé la conversation. Ainsi s'instaura entre nous un dialogue fantasmagorique dans une sorte de monde parallèle qu'on se plaisait à visiter lorsque la réalité perdait le nord. Nous commencions toujours par les mots, mais lorsqu'ils s'emballaient, que le ton montait jusqu'à l'obtention du typique tandem névrotique, ou que la traduction n'opérait plus, nous en venions aux crayons. J'y sentais ces choses qu'il était incapable de me dire en syllabes. Sans cris, sans tics, sans jérémiades, sans gesticulations inutiles et redoutablement crispantes. C'était forcément réciproque.

Je voulais lui dire que le monde ne viendrait pas vers lui, que sans changer pour autant, il pourrait tenter de comprendre les autres et partager certaines choses avec eux. Qu'il y avait moyen de s'intégrer sans se désintégrer. Je l'ai dessiné chevauchant vers la foule, avec une cape de Zorro. Une toute petite cape, pour qu'il ne se prenne pas les pieds dedans, et qu'il pouvait ôter quand il le désirait.

Nous percevions peu à peu quelque chose de neuf dans le comportement de Thomas. Rien de paisible ou de calme, mais quelque chose qui ressemblait à de la lucidité et lui donnait l'envie d'être parmi les hommes. Quelque chose qui lui offrait la force d'être avec les autres sans être forcément comme eux. Il me l'avait dessiné comme un nouveau départ : ne plus chercher ses mots, rire des sarcasmes, regarder les gens dans les yeux, se taire à temps (avant d'être rasoir), ne pas la ramener, jouer un tout petit peu au foot (avec les autres nuls, il y en a), aux batailles de boules de neige (même si ça mouille dans le cou), mordre sur sa chique, faire un effort pour s'intéresser à l'univers des autres, ne pas hurler comme un goret quand on a mal, suer au cours de gym, perdre sans râler, se faire charrier encore et encore sans se vexer, renvoyer les piques, avoir l'air drôle.

Thomas avançait en prenant du recul. Thomas conjuguait le second degré, même s'il était toujours blessé. Thomas se dominait. Trouvait presque agréables certaines aventures autrefois pénibles. Thomas s'imposait à sa manière.

Thomas lisait et dessinait. L'imaginaire restait sa meilleure façon de décrypter le monde.

Il avait mis beaucoup moins de temps que moi, pour finir (douze ans versus quarante-cinq), à comprendre qui il était. Et depuis qu'il l'avait plus ou moins accepté, les autres n'étaient plus aussi certains de la manière de l'ennuyer.

Chez nous, cependant, demeurait un lieu de révolte, un exutoire magistral. J'y gardais le rôle principal du punching-ball. Il fallait bien que la rage contenue tout au long de la journée sorte quelque part ou sur quelqu'un. Victor apaisait, tournait en dérision, proposait des virées à la piscine, bref maintenait le navire à flot, quoi de plus logique pour un marin.

Thomas ne se battait plus contre les autres. Il entamait une nouvelle guerre : celle qu'on ne gagne que contre soi.

C'est alors que commença sa revanche...

Je ne sais pas comment j'ai pu m'arrêter là. *Revanche*. Ce seul mot incite à poursuivre la lecture. Mais chacun de nos actes provient d'un imbroglio de connexions neuronales – un 1 suivi de quinze 0 – dont on ne maîtrise pas grand-chose.

Je me souviens que j'ai buté sur ce mot, que j'étais étourdi. Que je me suis mis à caresser et caresser encore mon front, entre les deux yeux, juste à la naissance des sourcils. Sur mon mythique troisième œil.

Je suis seul dans l'aérotrain quand ce geste me revient. Le brouillard s'écrase sur les vitres, bientôt il s'effilera sur les immeubles et j'arriverai chez moi. Bien sûr, mon front est parfaitement plat, mais je sens que cette conviction ne tient plus qu'à un souffle. Je suis dans la ouate de *Zebraska* et l'aération du wagon qui m'égratigne le visage me retient à peine dans la réalité. Puis, l'aérotrain s'immobilise, me chahutant comme s'il me collait une gifle. Je sors, assommé. Avec l'impression que, dehors, tout aura changé. Tout est pareil. Juste un peu plus violent.

Bizarrement, cet état de fait me rassure. Comme une preuve que quelque chose s'est vraiment passé avec mon père. Que je n'ai pas tout imaginé.

Le nouveau mot me trotte dans la tête : *revanche*. Sur qui ?

Je vois mon père marcher seul au milieu de groupes indifférents ou railleurs. Lui ne cherchait pas de clan, il attendait juste qu'un simple individu lui propose de signer la fin d'une guerre qu'il ne comprenait pas. Mais à l'époque, le groupe était « égoïste », alors évidemment…

Nous les zèbres, on se balade sans costume aujourd'hui. On se mêle, on échange, on palabre. Pourtant nous sommes du même poil qu'avant. Quelque chose de brutal a dû se produire pour générer un tel changement, j'en suis de plus en plus convaincu. La Grande Bascule. C'est évident. Mais, même si je connais ce fait historique, les mots qui le définissent ne m'ont jamais paru aussi bien choisis : le monde avait dû littéralement basculer.

Un groupe égoïste, c'est troublant comme concept. Je comprends mieux, du coup, l'idée d'une revanche. Une revanche sur ces meutes narcissiques… Ça me fait froid dans le dos. Peut-être que le secret bien gardé de Thomas ne concerne pas uniquement sa personne, mais le monde entier. Un peu sceptique, je branche mes lunettes holo. Dans l'air, je tape : « égoïsme de groupe ». Contre toute attente, il me trouve une information :

le compte rendu d'une interview du magazine *Le Point* datant de 2011 et la photo d'un vieux type jovial qui me sourit en 3D, plus vivant que personne. Pourtant, il est mort en 2013. Il s'appelait Christian de Duve, c'était un médecin et biochimiste belge, un Prix Nobel. L'entretien est tronqué, comme tout ce qui concerne le passé, mais je note quelques phrases qui, mises bout à bout, me font frissonner :

Nous avons en héritage certains traits génétiques, apparus voilà cent mille ans. Il en est ainsi de l'égoïsme de groupe. Nos ancêtres ont tiré avantage du fait que s'entraider pour le bien du groupe permettait une meilleure survie individuelle. L'hostilité entre groupes a été imprimée dans les gènes de nos ancêtres et nous la perpétuons. On se bat partout et on s'entraide à l'intérieur du groupe. Nous sommes une espèce menacée par la guerre, l'épuisement des ressources, la surpopulation et le risque d'extinction, au même titre que tous les hominidés qui nous ont précédés. L'humanité semble rester prisonnière de ses gènes, condamnée à répéter les erreurs du passé jusqu'à ce que la sélection naturelle aille au bout de son œuvre fatale.

Œuvre fatale ? Tout ça sent le cataclysme planétaire, l'extinction de la race humaine. Or nous sommes toujours là. Et si mon père me paraît bien étrange parfois, il me semble à présent que ce sont plutôt les autres qu'il aurait fallu adapter, les fanas du groupe, atteints du péché originel de l'égoïsme, lui-même responsable de notre propre destruction. Et ça nous aurait fait des milliards de chimères sur la terre !

Bref, je ne suis toujours pas très avancé sur le rôle de mon père dans tout ça, mais, supposant désormais que le poison n'est pas en lui, mais dans le genre humain au grand complet, paradoxalement, je me sens apaisé.

Ce soir, j'ai rendez-vous avec Scott. Je lui parlerai de ce retournement de situation. Je le vois déjà sourire. « Ah, tu me soûles, il me dira ! Toi et ta nouvelle manie d'inventer des histoires. » Il me demandera où j'en suis dans ma lecture. Je répondrai que Thomas va avoir treize ans et qu'à treize ans mon héros en est encore au stade de penser qu'en le mettant au monde la nature a drôlement cafouillé.

Zebraska

C'est un dimanche de printemps pluvieux, nous avons rendez-vous dans un club de bowling avec une association qui propose des activités pour adolescents HP. « Thomas sera rassuré de voir qu'il n'est pas seul », nous avait-on promis.

J'aimerais que Victor soit là, lui et son regard désinvolte sur les choses de la vie, mais il a accompagné Mattéo au théâtre. Je sens Thomas nerveux et j'ai peur d'avoir été un peu trop optimiste. L'endroit sombre invite à la somnolence et je m'en veux soudain de ne pas avoir demandé aux organisateurs quel était le signe de ralliement. C'est vrai à la fin, ils sont terribles ces gosses différents qui n'ont rien de différent ! On pourrait leur coller un truc anatomique ignoble au milieu du visage, histoire de les distinguer, un machin si terrible qu'on n'oserait même pas se moquer d'eux. Ça ferait d'une pierre deux coups. Je réalise alors qu'une partie de leur souffrance consiste sans doute à ressembler physiquement aux autres. Ils sont particuliers, mais ça ne se voit pas, ça se sent. Je cherche un conglomérat. Des ados agglutinés. Au bar, dans les fauteuils bas, devant l'entrée, le monde va et vient par grappes dans un chaos presque inquiétant : des adultes, des enfants, des adolescents... C'est alors qu'arrivent crescendo des échantillons à part, petits pions perdus dans la lune, parfois gauches, parfois trop sûrs d'eux, assis, immobiles ou papillonnant de l'un à l'autre, à la fois terriblement réceptifs au monde et profondément ailleurs, simultanément contemplateurs et tourmentés. Et je comprends pourquoi on ne m'a donné aucun signe de ralliement.

Il n'y a pas de clan. Que des enfants habités par ce que j'imagine être une voix d'enchanteur intérieure, unis par cette seule abstraction. Je les aurais repérés entre mille.

Assurément, Thomas n'est pas le clone d'une sorte d'espèce en voie d'apparition. L'enfant HP n'entre décidément dans aucun moule, même pas dans le sien ! Ainsi existe-t-il sous diverses variantes et, comme nous trouvons à l'état naturel le zèbre couagga, le zèbre de Hartmann, le zèbre de Burchell, le zèbre de Chapman, le zèbre de Grant, le zèbre de Grévy où le zèbre des steppes, nous avons aussi le HP Alexandre rêveur, le HP William fou du PC, le HP Pol créateur d'une radio locale, le HP Lou dingue de violon, la HP Pauline intello, la HP Charlotte mécano... Cependant, un lien perceptible, mais totalement inapparent les unit. Un truc dans l'air qui fait d'eux non pas une compilation homogène, mais des individus interconnectés par une sorte d'absence.

J'abandonne Thomas à son monde. Il n'a qu'à y rebondir. Tout ira bien !

Lorsque, quelques heures plus tard, je passe la porte du même club de bowling pour le récupérer, il m'attend assis sur un banc, à côté d'un autre prototype. Ils ne se parlent pas. J'ai peur. Que les mères qui n'ont jamais eu peur que leur enfant soit malheureux me traitent d'excessive!

On s'embrasse. Il lance de sa main droite un signe discret et empoté à l'autre gamin, qui ne répond rien, et nous marchons en silence jusqu'à la voiture.

Question bateau :

— Alors Thomas, c'était bien ? Raconte…

Réponse de Sélénite :

— Ouais, c'était pas mal !

J'insiste :

— Oui, mais, ça t'a plu ? Tu aimerais recommencer ?

Il persiste :

— Pourquoi pas ?

Je change de style :

— Et le garçon à côté de toi, il avait l'air sympa…

Thomas allume l'autoradio, je l'ennuie, il aimerait lire sa BD.

— Ouais, il est sympa.

— Tu as fait de chouettes rencontres ?

— Ben, le type à côté de moi sur le banc.

— Vous ne parliez pas beaucoup !

— Ce n'était pas nécessaire.

— Il s'appelle comment ?

— Je ne sais pas !

— Mais enfin, Thomas, quand on rencontre quelqu'un et qu'on sympathise, on lui demande son…

— On s'en fout du prénom, maman ! Ça n'a pas d'importance.

— Qu'est-ce qui a de l'importance alors ?

— De ne pas devoir jouer un rôle, c'est reposant.

— *Être toi-même, c'est ça qui te plaît ?*
— *C'est ça, et de ne pas être mis au défi.*
— *Tu te sens défié ?*
— *Tout le temps. On me pousse à faire des choses dont on me croit incapable. Et je suis stressé de les rater.*
— *Et ici alors, en quoi c'est différent ?*
— *Ici on est tous pareils. On se fout la paix. On gagne, on perd, tout le monde s'en fiche !*

On passe Chacun fait (c'qui lui plaît) *à la radio. Je trouve le hasard troublant. Un vieux tube que Thomas s'empresse de faire taire. Puis le silence s'installe à nouveau. Un joli silence. Il ouvre sa BD, prend ma main dans la sienne et je me dis que le meilleur moyen de frôler l'extra-ordinaire, est sans doute d'y être forcé.*

L'après-midi, la pluie cesse enfin. Elle s'est abattue de manière si lourde les jours précédents que le soleil a semblé ne plus jamais vouloir briller. La boue s'est installée sur les chemins, et les promeneurs paraissent lutter pour ne pas disparaître, dévorés par cette glu épaisse. Mais la lumière est si belle qu'une balade s'impose. Nous sommes trois couples d'amis à marcher ainsi sans but, juste pour savourer le vent doux qui lèche nos visages pâles. Les clans se sont formés spontanément. Sans surprise. Les hommes, devant, pas rapide, ventre tendu vers l'escale et la bière à venir. Les femmes ensuite, causantes, à peine contrariées par l'état déjà critique des jeans et des chaussures des cinq gamins qui ferment la marche. Moi, à part, le corps avec mes amies et l'esprit en partie dans le dernier peloton. J'entends de loin ce qui se trame derrière. C'est que je l'ai vu, Thomas, tentant maladroitement de s'intégrer à la meute des jeunes loups. Ils le connaissent tous depuis longtemps et ne voient pas qu'il n'est plus tout à fait comme avant. La vieille étiquette colle dru. L'un d'eux lui demande comment s'explique l'effet de serre. Spontanément, Thomas s'exécute dans une tirade détaillée. Ils rient et se serrent entre eux, jouant des coudes pour que Thomas n'y trouve pas sa place. Même le gentil Gaël se joint à la coalition, il ne ridiculise pas Thomas personnellement, mais il ne le défend pas non plus. Même pas un sourire désolé ou une petite place à ses côtés. Juste cet appel irrésistible du cartel. Mattéo aussi s'est agglutiné à la troupe des grands, jubilant de cette connivence que son frère ne lui a jamais accordée. Thomas marche loin derrière à présent, cloué dans sa galaxie solitaire, ayant un mal fou à harponner la terre. J'ai le cœur en miettes de le voir comme ça. À quoi servent tous ses efforts ? Il a réagi de travers, il aurait dû répondre, l'air taquin : « Que je t'explique l'effet de serre ? Tu ne pourrais pas comprendre », et c'est l'autre qui aurait paru ridicule, mais la naïveté et la confiance l'avaient emporté. Il marche à son rythme, ne crie pas, ne geint pas, ne supplie pas, il tient la promesse qu'il s'est faite en rentrant au collège. Même ça, ils ne le voient pas. Je ralentis le pas, il me rattrape. Je m'attends aux plaintes, complaintes et gémissements divers. Mais le ton est posé, les mots choisis.

— *J'ai vraiment l'impression d'avoir une maladie contagieuse.*

— *Viendra un moment où tout basculera. Sois patient.*

— *J'en ai marre d'attendre !*

— Un jour, tu auras ta revanche.
— Sur qui ?
— Sur tout ça !

Si, à l'aube de sa treizième année, Thomas n'en a pas encore fini avec ses sauts de cabri, sa voix suraiguë, sa gestuelle décalée, son excitation perpétuelle et ses énervements fréquents, nous sentons germer en lui l'esquisse d'une sorte d'enthousiasme qu'il semble partager peu à peu avec d'autres. De nouveaux amis qui, ignorant son passé tourmenté, l'acceptent pour ce qu'il est devenu : un jeune homme à l'humour subtil, amical, très mature, fragile, juste et fidèle, maladroit, buté, nerveux et un brin agaçant parfois. Thomas seul sait que cet ado-là est le fruit d'un long combat mené avec des alliés tenaces : le temps, la maturité, la patience, le courage, le dialogue, le travail, les psys, les kinésios, les HPlogues, son père, sa mère, son frère...

Mais il reste un enfant différent : vivre parmi les autres n'est pas naturel, cela relève d'un contrôle très travaillé de ses émotions. Émotions qu'on sent à fleur de peau et dont certains se servent encore pour asseoir leur virilité naissante.

Ce soir-là, j'ai tardé à trouver le sommeil. Victor a bordé les garçons. Il en est revenu joyeux. Tout allait bien. J'étais vraiment convaincue qu'un avenir meilleur attendait Thomas. En vieillissant, les hommes acquéraient les bases d'une forme de sagesse, s'ils ne comprenaient pas toujours les inadaptés, au moins tentaient-ils la plupart du temps de rester courtois ! Mais mon instinct de mère sentait autre chose. Si le culte de la performance et de la rentabilité, de la consommation à outrance, de l'impression d'une toute-puissance imposée par notre époque intensifiait le conformisme, il défiait aussi les lois de la nature. Notre civilisation devenait malade de courir, de se mentir, de gaspiller, de feindre et de singer. Un jour, forcément, d'une façon ou d'une autre, tout éclaterait.

Mais Marty, j'étais bien en deçà de ce qui allait nous arriver. À Thomas, au monde entier. Alors, était-ce judicieux de te raconter tout ça de vive voix ? Ne fallait-il pas un peu de cette fantaisie cachée dans l'odeur du papier pour affronter la vérité ?

J'ai l'impression que quelque chose va brutalement surgir de ce livre. Un monstre, un dragon, une phrase assassine qui dénouerait tout d'un coup. Les pages restantes forment un bloc de plus en plus fin et Thomas n'a que treize ans. Quatre ans nous séparent encore de La Grande Bascule. Comment Mamiléa va-t-elle s'y prendre ?

Thomas vit mieux parmi les hommes, mais il est loin de l'apothéose. Par contre, j'ai retrouvé cette sensation agréable d'avoir devancé l'auteure. J'avais un peu deviné, pour l'intolérance et le groupe, enfin, j'avais découvert que quelque chose qui s'écartait du conformisme allait entrer en jeu. Je présume aussi avec une conviction grandissante que mon père n'a pas été transmuté, l'idée d'une revanche suppose même plutôt l'inverse. Une revanche qui, d'après Mamiléa, nécessite le mystère d'un récit pour faire passer la pilule ! De quoi me glacer les sangs. De quel genre de vendetta aurait-il été capable ?

Le mythe paternel en prend un sacré coup.

« Monstre », « maudit », « revanche »... tout laisse présager une chute tragique. J'ai envie d'appeler Louna. Le couvre-feu est déjà bien entamé, mais elle accepte l'appel. Me voir en pyjama la fait sourire. Je n'y avais pas pensé. J'ai sûrement boutonné lundi avec mardi, mais je m'en fiche un peu parce que braver l'interdit à deux a un goût de noisettes grillées. On chuchote pour éviter de se faire prendre en flagrant délit. Je lui dis que mon père est peut-être un monstre finalement, un gosse incompris dont la colère se serait muée en venin. Qu'il serait passé de victime à bourreau, du juif persécuté à l'abominable nazi. Et que je préfère encore la première option. Mais que plus rien n'est impossible. Scott avait bien déniché sur son holo de vieilles histoires d'enfants-soldats. Des gamins à qui on enfonçait des horreurs dans la tête jusqu'à ce qu'ils tuent sans regret. Sur un cerveau en étoiles qui file dans tous les sens, l'endoctrinement est peut-être plus aisé encore. J'ai envie que Louna me traite de fou. Mais elle est aussi allumée que moi.

L'overdose sensorielle cogne fort à la porte de mon crâne. Elle a dû me voir serrer les dents, parce qu'elle me dit :

— T'inquiète Marty, ton père, il a vraiment pas le profil d'un désaxé.

— Mais peut-être qu'il a purgé sa peine et que le moment des aveux et du pardon est venu ?

On se quitte là-dessus. J'essaie de dormir.

Le lendemain matin, je prétexte que je suis en retard et je sors sans déjeuner. Cela redevient compliqué de croiser le regard de mon père, puis j'ai besoin d'air, même si l'inspirer me fait mal à la poitrine, comme si toute ma vie me remontait dans la gorge.

Je me répète : *Un bouquin, ce n'est qu'un bouquin. N'importe quel ado découvrant le passé insoupçonné de son père serait troublé à la lecture d'un tel manuscrit. Des choses étranges lui traverseraient fatalement l'esprit. Sans être HP pour autant. La sensibilité aiguisée et l'imaginaire excessif n'ont rien à voir là-dedans.* C'est sans compter la haine. Toute cette rancune accumulée en Thomas avait dû susciter des envies meurtrières, des fantasmes inavouables. Quel secret honteux Mamiléa avait-elle eu besoin de me distiller dans un livre ?

Obsédées, mes synapses se remettent à danser le tango. Dans ma tête, les pensées courent en tous sens, dans l'excitation, la sueur et les claquements de talons. Dehors, ça sent le plastique brûlé, le déodorant pour homme et le carton recyclable des pizzas à emporter. Et je me demande subitement pourquoi le ciel est bleu foncé la nuit. Je le regarde un instant. Des nuages pressés forment des monstres inquiétants. Le vent, pourtant, est inexistant, ce qui donne au spectacle un côté surréaliste. C'est vrai qu'en altitude l'air se déplace à une autre vitesse qu'au sol, j'ai entendu quelque part qu'on appelle ça un cisaillement. Le phénomène est favorable au transfert de tourbillons et peut former des tornades magistrales. L'image me ravit. C'est une chose expressive qu'on peut comprendre rien qu'en regardant le ciel. Dans le silence. Sans rien avoir à demander à personne.

J'ai souvent remarqué que les gens regardent peu le ciel. Peut-être qu'un jour les vents cisailleront si fort que les nuages seront anéantis. Juste quelques instants pour que le soleil flamboie comme jamais. Les gens voudront voir ça, mais ils ne pourront pas, ils seront tous grillés ! Ce sera une belle fin du monde. Sauf que la mort m'a toujours effrayé.

Je redescends assez vite sur terre. Et je me dis que la revanche de Thomas a vraiment dû être terrible.

J'ai beau rabrouer l'idée, je sens que la fin de son histoire sera le début de la mienne. C'est un peu comme une course relais, mon père doit me passer quelque chose, un truc qui durera entre nous.

Alors, le jour même, en rentrant du collège, habité par une rare audace, je laisse un mot écrit sous son oreiller :

La vérité est-elle toujours celle qu'on a envie de croire ?

Plus j'y réfléchis, plus je me dis que je n'ai pas peur de la vérité. Je saurai l'affronter.

Je ne prolongerai pas l'histoire, moi, je la tuerai dans l'œuf, la limitant à l'époque de mon père. Je ne laisserai pas un passé scandaleux racrapoter notre avenir. Je suis prêt à l'entendre, cette fichue vérité. Il ne me reste qu'à attendre la réponse de mon père.

Mais les jours s'écoulent et rien ne vient. Une partie de moi fanfaronne. Ai-je enfin réussi à troubler cet homme imperturbable, ce maître-penseur, ce grand architecte ? L'autre partie ressent un poids qui me tire vers le bas, m'empêche de filer droit et laisse l'impatience me cannibaliser, brutale, oppressante.
Pourquoi ce silence ?

Zebraska

Jour de pluie. Thomas rentre de l'école trempé et exaspéré, convaincu une fois encore que ses notes ne reflètent pas sa maîtrise du sujet, ce qui n'est pas faux. Il n'a pas pris la peine de m'embrasser et se met à jacasser d'emblée.

Me jetant au visage l'argumentaire de sa nullité, il m'accuse de l'avoir conçu avec un tas d'options inutiles.

— *Quoi ? Un 6 sur 10 ?*

Pourtant c'est vrai qu'il assure en math. Trois points de pénalité pour un extra, une réponse hors propos.

— *Pourquoi diable as-tu toujours besoin de faire de l'excès de zèle ?*

— *Pour faire plaisir à mon prof, maman, lui montrer que je m'intéresse à son cours.*

— *Mais p... il s'en fout comme de sa première culotte, ton prof ! Il te demande juste de répondre à une question, c'est tout !*

— *T'es fâchée ? Ça y est, t'es fâchée !*

— *Non, oui ! Enfin j'aimerais... Quelle est la couleur du ciel, Thomas ?*

— *Là, maintenant ?*

— Oui, là, maintenant.

Thomas se penche pour scruter les nuages :

— Ben, il va pleuvoir !

— Sans doute, mais tu n'as pas répondu à ma question !

— Mais si !

— Mais non, je n'ai pas de couleur dans ta réponse !

— Enfin, c'est clair qu'il est gris, puisqu'il va pleuvoir !

— Alors, dis-le puisque c'est la bonne réponse.

— Pourquoi ? C'est stupide ! Un âne le verrait, que le ciel est gris !

Je tourne fou.

Nous pensions avoir résolu l'affaire et une météorite inattendue nous barre maintenant la route de la victoire. Comme si le destin n'aimait pas qu'on perturbe sa trame.

Les fidèles pensent qu'il s'agit là d'un signe de Dieu, d'une épreuve pour tester notre force. Les fatalistes, que la vie est ainsi faite. Les sages, qu'il y a toujours dans les épreuves de belles choses à regarder. Puis viennent les emmerdeurs, ceux qui, du fiel plein la bouche, nous sifflent : « Je te l'avais bien dit ! » Je n'ai pas la foi et je ne suis pas sage. Pas fataliste non plus. Je dois être une emmerdeuse ! C'est vrai, je me l'étais bien dit : « C'est trop beau, ma louloute, cette paix naissante en lui. » L'éblouissement joyeux a ses limites.

Le blème ? Thomas n'aime pas étudier ! Enfin, pas de la manière qu'on lui impose, répétitive, séquentielle. Tout ce par cœur qui n'a aucun sens, ces profs insensibles, ces questions tordues. Voilà qu'il nous surprend sur un terrain inattendu, dans un domaine où j'ai toujours cru le danger écarté. À l'endroit précis de ma jubilation profonde, là où Thomas brillait jadis sans effort quand les autres pâlissaient. Les livres me l'avaient prédit pourtant, la prophétie ne faisait que s'accomplir. Pour les penseurs galopants et les cerveaux arborescents, ennui au tournant! Incompréhension, refus de l'effort, puis décrochage scolaire : le scénario prescrit prend vie.

À force de comprendre vite, Thomas n'a jamais appris à apprendre. Tout lui est toujours tombé du ciel, prédigéré. Jusqu'à ce que l'exigence scolaire lui impose la restitution de mémoire, la rigueur selon lui bien inutile et les questionnements qu'il juge vides de sens. Savoir n'est plus simplement comprendre et comme il est vif d'esprit, personne ne songe à le plaindre.

Un monde juste le soutiendrait. Il y entendrait des phrases réconfortantes, du genre : « Tu es un bon gars. Malheureusement, tu es fort singulier. Viens, je vais t'aider à t'en sortir! » Un monde juste imaginerait des centres de désaccoutumance à la pensée HPéenne, avec des cours accélérés pour gamins pensant trop.

Et moi, pour compenser cette carence, je lui souffle des horreurs : « Arrête de réfléchir Thomas, arrête de penser si loin, réponds à la question posée même si elle te paraît idiote, fais un effort bon sang, il faut bien passer par là! » Je prône le flegme intellectuel comme on vante une promotion sociale. Je lui dis de cesser d'imaginer et de décrypter le monde, comme si ce luxe coûtait trop cher, le contraire exactement de ce que je m'étais évertuée à lui préserver toutes ces années. Le système s'acharne à vouloir limer son charme le plus fou : son originalité de penser.

Pour fabriquer de belles notes, son cerveau agité ne sert à rien. Il souffre de la maladie de trop réfléchir. Et si on compatit volontiers aux soucis liés à la carence, on accepte difficilement ceux issus d'un excès. On donne un chien à l'aveugle, un fauteuil roulant à l'éclopé, des cours de rattrapage aux lambins, mais, asseoir Thomas au premier rang de la classe pour qu'il fixe plus facilement son esprit débridé, vous vous foutez de ma gueule, madame ! Bref, mieux vaudrait noyer Thomas tout de suite. Quand il n'y aura plus de bulles à la surface, on n'emmerdera plus personne avec nos faux problèmes. Mais cette idée de satisfaire nous est insupportable. Le pire est donc certain, même s'il s'est déjà produit. On change simplement de registre. Les mois qui suivront seront terribles, mais nous avons pour nous trois forces inaltérables : l'amour, l'expérience et la ténacité.

Donc Thomas sera ingrat et révolté. Et je vais à nouveau m'énerver, insister, scier, nous épuiser. Thomas résistera au système, au monde, à l'air du temps et comme, tout compte fait, je ne trouverai à cette exaspérante rébellion contre l'étroitesse d'esprit qu'un signe de bonne santé, je me sentirai impuissante. Alors je confierai son hérésie à Victor, qui l'emmènera nager, et je rappellerai les psys, les profs de relaxation, les spécialistes de la névrose. J'engagerai des coachs en apprentissage. Il se roulera par terre comme un gosse de trois ans, oui, mais il en a treize. Impossible de le prendre sous le bras, de le porter dans sa chambre. Au corps à corps, même Victor est perdu d'avance.

Je le dessine, mi-homme mi-enfant, avec des poils de moustache et de l'acné sur le nez, assis par terre, les poings serrés, poussant des rugissements de bébé. C'est terrible à regarder.

Thomas grandit selon le programme.

Il devient un élève moyen. Son seul privilège s'est ébranlé avec la puberté. Il attribue ses notes à peine décentes à l'humanité moins un (lui !). L'échec lui est insupportable et l'idée que travailler davantage puisse y remédier ne lui effleure même pas l'esprit. Il argumente ses rase-mottes avec brio : une fatigue suraiguë ce jour-là, un professeur bien étrange qui pose des questions débiles (d'ailleurs il ne l'aime pas et décidera dorénavant de le boycotter), un cours qui de toute façon ne lui servira à rien dans la vie, alors à quoi bon ? Pourquoi mémoriser ce qu'on a compris, pourquoi ne pas passer directement à la suite ?

En supplément, il s'enferme dans sa chambre, se lave les dents par procuration, prend ses fringues pour des paillassons, cherche des réponses de math sur son téléphone portable, nu sur son lit. Il a des poils partout, mais une allure de coton-tige. Et des propos d'homme mûr crachés par une voix de perruche. Je dis :

— Thomas, tu es prêt pour ton contrôle d'algèbre ?

Il soupire :

— T'inquiète m'man, je gère !

Il est déjà HP, il ne va tout de même pas être ado en plus !

Un ado HP, c'est un ado à l'excès. Jusque-là, rien de neuf. Une maman d'ado HP est une maman désemparée à satiété. Elle devrait se réjouir : enfin son gosse fait quelque chose comme tout le monde ! Pourtant, seulement deux solutions s'offrent à elle : boire ou inventer. Boire aurait l'avantage de fournir une cause évidente à sa déroute. Inventer la forcerait à y trouver un sens.

Sens, c'est là le mot juste. La clé du problème.
Chaque fin d'après-midi, il me pousse un nouveau cheveu blanc. Mise à part la terrible constatation qu'à ce rythme j'aurai l'air d'un yéti avant l'été, cette étrangeté me laisse envisager une nouvelle dérive névrotique. Tous les jours, Thomas rentre du collège, ôte ses chaussures et les jette bruyamment sur le sol, puis se vautre dans le canapé en soupirant. Comme, contrairement à Victor, mon bureau est à la maison, j'ai droit au spectacle quotidien. Il annonce la couleur sans préambule : une journée absurde dont il compte bien me faire partager les désagréments. Il attend que je lui parle, ce que je ne peux m'empêcher de faire (chez moi, le rituel s'en tient toujours à ce qu'il a de plus stupide), lui offrant ainsi la permission de se plaindre. Des lamentations qui finissent toujours par m'énerver. Son intelligence, sa seule source de pouvoir, a été bafouée pendant la journée et ça le rend tyrannique. S'engueuler clôt souvent le programme des réjouissances crépusculaires. De toute façon, il n'étudiera pas. Il a compris et cela suffit. Donner du sens à tout ça en a-t-il ?

C'est à cette époque aussi que j'intègre réellement la manière dont l'esprit de Thomas fonctionne. Arborescence n'a été, jusque-là, qu'un mot jeté en l'air pour excuser sa différence :

— *C'est normal, madame, si mon fils ne comprend pas le vôtre (et vice versa), il a l'esprit en arborescence.*

— *Pardon ?*

— *Oui, il raisonne comme la structure d'un arbre, voyez-vous ? C'est-à-dire qu'il ne reste jamais sur une idée principale, elle le mène toujours à des idées secondaires dans lesquelles il se perd, comme les ramifications d'un acacia. Ça le rend étrange, car il se pose mille questions dont les réponses ont moins d'importance que les nouvelles questions que les questions initiales ont elles-mêmes générées. Vous comprenez ? Non ? Moi non plus ! Enfin pas toujours ! Mais je crois que c'est sa façon de donner du sens à la vie.*

Ce genre de dialogue mène toujours à un silence confus : la dame me prend pour une arrogante, voire pire, et je lui en veux de ne pas comprendre ce que j'ai du mal à saisir moi-même.

Pour Thomas, ce qui a du sens c'est ce qui porte la vie, une sorte de perspective globale à très long terme, une idée nouvelle aussi étendue que les dernières branches d'un arbre centenaire. Cela part d'un sentiment dévoué, comme honorer son professeur par exemple ou inventer des questions à partir des questions pour qu'elles nous portent plus loin, ne pas développer un calcul si la réponse est évidente ou transformer un énoncé caduc. C'est magique. Mais totalement contraire à l'éthique scolaire ! Comment lui dire qu'étudier, mémoriser « bêtement », répondre exactement à ce qui lui est demandé est le fondement même d'un avenir dont il pourra alors décider ?

C'est devant son dessin du soir que me vient ma terrible idée. Une intention affreuse.

Les quatre jours qui ont suivi ma question brûlante encartée entre ses draps, mon père a agi exactement comme si elle n'existait pas.

La vérité est-elle toujours celle qu'on a envie de croire ?

Chacun de ces quatre matins, le besoin de savoir m'a tiré de mon lit brusquement et je descendais déjeuner avec une conviction inhabituelle, guettant sur son visage une réaction, un signe. Rien ! Pendant ce temps, dès que le soleil se fatiguait, je replongeais dans *Zebraska*, où Mamiléa affûtait ma nervosité en m'avisant que le pire était certain.

Quand, enfin, à l'aube du cinquième jour, je trouve sur mon bureau un vieil article papier parlant de l'envoi, en 1957, du premier satellite artificiel Spoutnik 1, je le lis distraitement et sans en comprendre l'intérêt. Il parle d'une victoire spatiale russe sur les Américains et des moyens déployés par les États-Unis pour contrer cet affront. On y évoque l'implication d'étudiants, la modification des programmes scientifiques, l'élaboration de cellules de recherche, la création de la NASA. Mais je suis tellement intrigué par le carton posé sur le vieil extrait du quotidien que je n'imagine pas un seul instant qu'il s'agit d'un indice essentiel. Et je délaisse le morceau de journal pour lire et relire les mots bleus de mon père :

Je viens te voir tout à l'heure.

J'adore l'idée qu'il entre dans mon jeu, comme il était entré dans celui de Mamiléa. Elle les dessins, moi les mots. Même si je ne suis plus tout à fait sûr, tout compte fait, de vouloir frayer avec la vérité.

Avec un cerveau qui grésille sans escale, je suis un très bon sujet pour le doute !

La preuve : quand je doute, je ne sais pas quoi penser, et mon avis est comme suspendu. Tout le temps que dure mon doute, ma volonté ne parvient pas à trancher. Le souci, c'est que chez moi cette situation est impérissable. À peine ai-je pris une décision qu'un élément vient perturber ma certitude. Exemple : si mon père si serein en apparence avait été un enfant troublé, cela signifiait que, comme tout héros qui se respecte, il avait évolué. Oui, mais comment ? L'avait-on forcé ? Et s'il masquait une partie de la vérité, pourquoi ? Parce que notre époque est ainsi, à protéger du passé pour privilégier l'avenir. Mais cela ne me suffit pas. Je veux savoir ce qui s'est exactement produit. Mais je refuse qu'on me le dise d'un coup. Parce que j'aime comprendre par moi-même. Douter. Me construire ma propre vérité. Je suis certain qu'on ne l'avait forcé à rien, mon père. Vraiment ? En tout cas il avait contribué à une révolution. Sûr ? Sûr ! Je ne vais pas très loin avec ça. La seule solution, c'est évident, serait d'achever *Zebraska*. Mais j'ai l'intuition que parler à mon père est une belle idée. Sans tout me dévoiler, il aurait bien un truc à me divulguer, droit dans les yeux, et on verrait si mes doutes tenaient encore la route.

J'attends le soir avec une profonde excitation. Espérant qu'il m'aide à trouver le mot de la fin. Tout en le redoutant.

Les trois coups secs retentissent à 18 h 15 précises.
Mon père passe son air mi-figue mi-raisin dans l'espace étroit de la porte qu'il a à peine entrouverte :
— Je peux entrer ?
Il dit ça de ce ton assuré qui m'a toujours intimidé. Mais ce que j'ai pris pendant toute mon enfance pour une sorte de grâce prévenante que dégagent les gens admirables quand ils s'adressent à ceux qui le sont moins m'apparaît comme transformé. Rien pourtant dans son attitude n'a changé. Juste ma manière de l'appréhender. Par habitude, je manque de répondre sur la défensive : « Ben

oui tu peux entrer ! » Mais d'autres mots sortent :

— Salut p'pa !

De toute façon, il est déjà dans ma chambre, sa question n'a pas attendu ma réponse. Il est très fort pour faire les deux en même temps, très fort aussi pour donner l'impression d'une conversation quand elle est morte d'avance, s'imposer dans un silence en prétendant de cette façon qu'il n'existe pas. J'ai beau savoir que c'est pour rompre mon malaise, combler ma faille, ça m'horripile. Je prends son baratin pour de l'intrusion, un non-respect de mon espace vital. Aujourd'hui, j'ai l'impression que j'ai tout faux.

Je veux me lever, le serrer dans mes bras, comme un fils de quinze ans enlacerait un père, avec tendresse et virilité. Et rattraper le temps perdu. Mais j'ai quand même toujours un peu de mal avec les câlins et je n'ai pas encore tout à fait l'allure d'un étalon. Je m'abstiens donc.

Pas pu. Pas fait. Pas les tripes pour.

Je reste assis, tiraillé. Je ne suis plus convaincu que c'était une bonne idée ce petit mot. Je doute ! Et, une fois de plus, c'est lui qui nous sauve :

— Ça va, mon grand ? Des petits soucis avec la notion de vérité ?

Je me jette à l'eau. Je tremble un peu.

— Dis papa, tu l'as lu, le livre de Mamiléa ?

— Non... Elle l'a écrit pour toi !

— Tu n'as pas eu envie, je veux dire, de le lire avant moi ?

— Bien sûr que oui, tu sais bien que je suis curieux... Et têtu ! Comme toi !

Il dit ça avec malice, un peu comme pour se moquer de nous. Un peu pour me dire qu'il sait que je sais désormais et que cela nous lie presque démesurément. Et je sens les larmes me monter aux yeux. Je couperais bien court à la conversation (ma fierté est en jeu), mais j'ai trop attendu ce moment.

— Alors pourquoi tu ne l'as pas lu ?

— Eh bien, je te l'ai dit, il t'était adressé... Je n'aurais pas été très honnête en le découvrant avant toi. Si ?

— Mais tu... tu connais l'histoire qu'il raconte ?

— Ah oui, je la connais même très bien ! Son début, son milieu et sa fin !

— On se ressemble, papa.

— Cela m'a toujours semblé évident. Mais pas à toi... n'est-ce pas ?

— Non. Tu parais tellement... sûr de toi.

— Pourtant, tu sais, je ne suis qu'un paquet de doutes et de questions.

— Ah bon ?

— Tu verras... Avec le travail, l'amour et le temps, cela cesse presque d'être contrariant !

— Alors, pourquoi tu ne m'as pas raconté cette histoire toi-même ?

— D'abord, je ne suis pas certain que tu m'aurais entendu. Depuis quelques années, j'ai plutôt l'impression de te déranger, non ?

— Papa, je suis désol...

— Ça ne compte pas. Ce qui compte pour moi, c'est que tu te révèles. C'est le plus beau cadeau que Mamiléa m'ait fait : me faire apprécier qui je suis.

— Tu penses qu'il me manque quelque chose ?

— Disons que tu grandis dans un monde très différent du mien, un environnement plus humain et plus tolérant, mais tellement tourné vers l'avenir qu'il en oublie de transmettre le passé. Et si on continue comme ça, cela refera de nous des barbares !

— Des barbares ?

Il fait une petite pause, sans doute pour réfléchir à une réponse, puis il enchaîne comme si je n'avais rien dit.

— Hum... Mamiléa est une vieille dame qui aime les choses anciennes, une magnifique passeuse d'histoires.

— Mais pourquoi un livre ? Elle aurait pu juste me dire.

— Pour qu'il te reste ! Pour que tu puisses le lire et, plus tard, le relire. Pour que tu aies le temps de découvrir et d'imaginer, de t'approprier le texte et d'y trouver ta propre vérité.

— Pourquoi maintenant, alors ? Pourquoi avoir attendu si longtemps ?

— Il faut être prêt à entendre une histoire. Car une histoire, ce n'est pas qu'une histoire ! Il y a toujours un écho caché derrière elle. C'est en cela qu'elle est fabuleuse, elle éveille celui qui la lit.

— Tu crois que, sans histoires, les gens risquent de perdre leur identité ?

— Ça mettra du temps, mais c'est un risque, oui. Chaque époque a ses failles. C'est le propre de l'évolution.

— Ça nous fait des barbares à chaque ère, alors ? D'abord Néandertal, puis les égoïstes, dans quelques siècles ce seront les déracinés...

— Peut-être. Mais heureusement, il existe toujours des hommes qui doutent, qui jouent la mauvaise conscience de leur temps.

— Et toi, tu étais plutôt un douteur, alors ?

— Plutôt, oui. Un peu dans ton style... Et un peu barbare aussi, parfois !

Il sourit. Moi, je frissonne. Barbare comment ?

— Tu es heureux, papa ?

— Je crois que oui !

Un homme heureux ne peut pas avoir été sanguinaire, n'est-ce pas ?

— Qu'est-ce qui t'a sauvé ?

— Je ne sais pas très bien. Ma fantaisie, peut-être. Ça a d'abord été terrible de voir la vie différemment, puis, avec le temps, c'est devenu comme une délivrance. Toutes ces histoires que je lisais, puis celles que je me créais, aussi, m'ont laissé une sorte de vigueur aujourd'hui.

— Une vigueur ?

— Oui. Mes idées ont fini par séduire et...

Je n'écoute plus. J'avais donc frôlé la vérité. Cette idée d'un imaginaire enfin reconnu qui avait délivré mon père, j'y avais songé déjà. Mais la barbarie dans tout ça ? Et l'article sur le Spoutnik ? Je voudrais lui demander, mais il est tard. Je n'ai pas senti le temps filer. Maman nous appelle pour dîner et nous quittons ma chambre à pas feutrés, comme pour ne pas déranger l'histoire qui y est enfermée.

Pendant tout le repas, une phrase heurte mes pensées :

« Car une histoire, ce n'est pas qu'une histoire ! Il y a toujours un écho caché derrière elle. »

Peut-être y a-t-il une autre histoire cachée derrière celle du Spoutnik ? Je prétexte un contrôle de science pharaonique le lendemain et je m'enferme dans ma chambre.

Sur mon oreiller, le vieil article sur la conquête spatiale ne lâche rien. Je jette l'éponge après les trois premiers paragraphes, sans savoir que je néglige ainsi ce que, précisément, je cherche.

J'ouvre *Zebraska*.

Zebraska

Je regarde le dessin du soir de Thomas avec fascination. Des traits précis qui s'étirent vers un ciel infini. À moi de décoder. Voilà le monde dont il a envie et auquel il croit, fait de forêts pour rêver seul, de ponts pour se rejoindre, d'immeubles et de jardins pour vivre ensemble. Ce n'est pas un jeu, mais une histoire vraie. Son futur cohérent. L'effroyable idée surgit d'un coup. Je prends ma gomme. J'hésite. Je l'étrangle dans ma main, puis je l'en délivre. Je la serre fort entre le pouce et l'index et j'efface tout le bas de son dessin.

Cette folie-là change de mes croquis gentillets qui donnent désormais à nos matins des accents de partages jubilatoires. Un zèbre déguisé en Dark Vador pour symboliser l'idiote colère du soir ; un autre dans une Porsche rouge se faisant dépasser par une gazelle en Ford Fiesta, pour illustrer l'importance de l'utilisation du mode d'emploi ; un troisième qui court après sa tête, poursuivi par un stylo ; un quatrième qui conjugue au subjonctif passé le verbe péter. *Chaque matin, depuis des mois, Thomas descend avec mon croquis glissé la nuit sous sa porte. Chaque matin est prétexte à rire. Dans cette connivence, je lui donne, en me moquant un peu, une idée plus légère de la vie. Je sais qui il est, je le lui dis. Et ça commence à lui plaire.*

Mais son dessin estropié est loin de l'enchanter ! Ce matin est gâché, étouffé de cris dont je cautionne la raison, mais pas la forme :

— Thomas, tu n'as plus cinq ans. Je comprends que tu sois surpris. Laisse-moi t'expliquer.

C'est l'hiver. Le givre couvre le jardin. C'est beau comme Chet Baker qui chante My Funny Valentine. *Je ne peux même pas le lui dire. Il s'en fout. Il geint plus doucement à présent, comme un poupon qui s'éveille. Entre deux grincements me parvient le détail de ses plaintes et de ses reproches. Des mots cruels sans queue ni tête et qui me font mal. J'ai sans doute bien dormi, car je ne bronche pas. Aucun rugissement, aucun coup de poing sur la table, aucune pensée noire. Je sais que le temps aura raison de sa rage. Attendre son retour de l'école, le dessin gommé posé sur la table. La boule au ventre.*

Je sens que quelque chose d'important se passera ce soir, que je vais devoir assurer. Avoir mutilé sa si belle esquisse, c'est pire que vache, c'est abject ! Je m'autoflagelle de tous les noms d'oiseau envisageables afin de ne pas m'émouvoir de ceux que je lirai plus tard dans ses yeux noirs. Aucun faux pas ne me sera permis cette fois face à sa probable véhémence : pas de mâchoire serrée, pas de hululements, même pas la moindre pensée transparente, du genre : « Je n'en peux plus, ce gosse me tue » ou « Mon Dieu, faites qu'il se taise, je vais le placer en internat », ne me sera autorisée.

Je vais devoir réfléchir à tout pour ne pas louper le tournant. Surtout ne pas lui demander ce qu'il « pense », mais bien ce qu'il « ressent ». Ne pas me focaliser sur ses 53 % en anglais, mais bien sur l'éventuelle idée qu'il aurait pour combler les 20 % qui le rapprocheraient d'une note décente. Ne pas répéter sans fin des consignes qu'il n'écoutera pas, de toute façon : « Ferme la porte, bon Dieu ! Lave-toi les dents ! T'as mis ton déo ? » Cette logique n'est pas la sienne. Ne pas lui donner l'impression qu'il perd le contrôle. Qu'il a tout, mais qu'il n'en fait rien. Garder en tête qu'il bloquera sous la moindre pression, parce qu'il est hypersensible, que son sens de la justice est en acier trempé, qu'il refusera mon aide pour ses leçons (car il sait !), qu'il contournera la consigne, qu'il négociera, qu'il m'embobinera, qu'il remettra mes vérités en question, qu'il aura besoin de passion, d'exemples de gens dignes d'admiration. Qu'il me faudra être déterminée, mais pas invasive, canaliser sans limiter, orienter au lieu de diriger, cesser de le harceler sans être laxiste. Que je devrai lui octroyer un risque calculé. Lui éviter l'anorexie mentale. Lui donner une vision globale du problème. Faire sens.

Je sais aussi qu'il mangera ses doigts, rongera son stylo, se balancera sur sa chaise, regardera par la fenêtre, hochera de la tête même s'il ne m'écoute plus, gesticulera, chantonnera, mâchouillera, parlera fort. Il me dira que c'est un moyen pour lui de se concentrer. Et je devrai le croire.

Bref, je serai priée de parler sa langue sans rechigner. Ce qui, pour moi, revient à chasser un mammouth avec du gravier ! Et quand je serai épuisée de tout ça. Il ne me restera que son dessin comme toile de fond. Un dessin tronqué pour tenter d'expliquer.

Il arrive enfin. Je ne lui laisse pas le temps d'ôter sa veste.
— Me crois-tu capable de te vouloir du mal ?
Je crains qu'il se bouche les oreilles et qu'il chantonne jusqu'à ce que je me taise.
— Pourquoi tu as détesté mon dessin ?
— Je l'ai trouvé sublime.
— Sublime ? Alors pourquoi tu l'as gâché ?
— Tu le trouves gâché ?
— Mamaaaan ! Tu te fous de moi ? Il n'a plus de base ! Sans base, rien ne tient.
Voilà, c'est dit. Il l'a dit ! D'ailleurs, je le lui fais remarquer :
— Tu l'as dit ! Sans base rien ne tient. C'est exactement ça ! Comprendre ne suffit pas Thomas. Si tu ne mémorises pas un minimum tes cours, si tu ne suis pas les consignes imposées, tu négliges les fondations sur lesquelles reposent tes apprentissages futurs et tout finira par s'écrouler. Même ta belle façon de penser. Et ce sera très moche !
Thomas ne répond pas.
— Alors ? C'est pas sensé, ça ?
— Oui, mais c'est un point de vue que je n'aime pas !
— Je m'en doute, mais il est incontournable ! Et mon rôle à moi, c'est de te faire voir la vie sous tous ses points de vue.
— ...
— Tu penses à quoi, Thomas ?
— Je cherche une maladie grave à attraper d'urgence !

— *Méningite ?*
— *Trop risqué !*
— *Démence ?*
— *Bof !*
— *Bon, un chamboulement planétaire alors !*
— *Carrément ?*
— *Oui ! Carrément !*
Je ne crois pas si bien dire…

Bien sûr, Thomas n'intégrera pas mon « point de vue du dessin tronqué » de manière instantanée. Bien sûr, nous affronterons encore des crises insensées, des ratages, des secousses et des chagrins exagérés. Bien sûr aussi que mon zèbre au cerveau en forme d'arbre et à l'âme outrageusement sensible n'ira pas, en réponse à un coup de gomme, se mettre à galoper ventre à terre vers le droit chemin, soudain serein et léger, intégré et soumis.

Il demeure une sorte de phénomène indomptable.

Ça lui donne un charisme inattendu, un culot soudain remarqué qui l'aide à supporter ces fameuses fondations qu'on ne peut pas gommer.

Il s'octroie peu à peu la faiblesse des hommes, celle d'être faillibles et ignorants. Une indulgence qui nous rend la vie plus lisse. Nous hurlons moins, nous nous déchirons moins. Nous avons moins peur de demain.

Thomas se conforme donc gentiment. Mais je sais que, derrière la façade, il continue à ne ressembler à personne. Que l'effort est grand. Qu'assister à un match de rugby avec ses copains relève de l'attaque sensorielle, qu'étudier des listes de vocabulaire d'anglais s'apparente à une torture, qu'une remarque acerbe ou un propos moqueur l'attristent démesurément, qu'une injustice le rendra toujours fou, que la théorie du big bang et le mystère des trous noirs hanteront ses pensées jusqu'à la nuit des temps. Ces choses-là sont si difficiles à partager. Pour ne plus avoir l'air bizarre, Thomas les enfonce dans des caches secrètes.

Pour être aimé, il faut convenir.

Paradoxalement, voir Thomas enfin s'en sortir dans cette exigence me laisse perplexe. Et s'il s'éteignait, et si tout ce qui faisait de lui ce qu'il est réellement était en train de foutre le camp ? Victor me dit que je ne suis jamais contente. Qu'il va bien, maintenant. Qu'il est temps que je le lâche un peu. Il a raison. Mais je persiste à croire que Thomas possède un talent incompris qu'il serait odieux de gâcher. Alors que je l'observe se faire une place dans le monde, je réalise que c'est lui, qui m'en a sauvée. De ce monde terrible où guette l'ennui. Parce que avec lui il faut continuer à créer, innover, conceptualiser, questionner, s'écarter des pensées lisses, remonter le courant. Jamais je ne pourrai me permettre de dire cent fois à Thomas de tirer la chasse des toilettes, je me devrai de déposer le résultat de son égarement sur son oreiller. Il y aura aussi des croûtes de fromages cent fois oubliées, posées sur son t-shirt préféré, des céréales au lait servies à même la table, une montagne de caleçons érigée au milieu du jardin. Une vie tracée ne nous va pas non plus. Convenir doit conserver des nuances déjantées. Sinon, plutôt mourir !

Heureusement, être une maman inspirée me va définitivement mieux qu'une mère névrosée. Et quand je dessine, je ne sais plus ce qui, de mes dessins ou de ma vraie vie, fait de moi qui je suis. J'en viens même à penser que si je supprimais tout ce qui touche à l'acte de dessiner, je n'existerais plus tout à fait. Mes croquis étaient des fuites, ils sont devenus des retours en force. Thomas s'est donné bien du mal pour y parvenir.

Tout arrive. Thomas flirte avec les quatorze ans et voilà que certaines mères m'envient ! Mon fils est mignon, tellement intelligent ! Elles me disent que j'ai de la chance. De la chance ? Je leur en veux d'être naïves. Contrariée par tant d'ignorance, j'ai envie de leur aboyer notre histoire, sa souffrance, tout ce travail acharné, les efforts et l'incompréhension, les terribles clichés, mes disputes avec Victor, Mattéo obligé de s'effacer. Je veux leur dire qu'il se roule encore par terre en hurlant, qu'il me dit des mots durs parfois et qu'il m'arrive souvent d'avoir envie de le frapper ! Mais je me contente de les approuver. J'avoue : oui, j'ai de la chance. Car au fond, c'est vrai.

Je regarde Thomas marcher vers son bus. Son pas est plus assuré maintenant, son maintien plus ordinaire. Je n'ai pas peur qu'il rate la marche. Qu'il se fasse malmener. Lui non plus. Celui qui ne le connaît pas ne se douterait de rien. Moi, évidemment, je sais.
Être un enfant n'a pas été facile. Voilà. On pourrait s'arrêter là. Quand on a passé quatorze ans à se battre contre le vent, un peu de paix pour finir, ce n'est pas si mal. Ça donne l'impression d'avoir été embarqué dans une grande comédie. Mais quelque chose manquerait. Thomas y poursuivrait sagement

sa route, dans une voie sans issue où il s'ennuierait mortellement.

Alors il faudra bien, encore, que quelque chose se passe...

Que peut-il bien advenir d'un ado intuitif et extra-sensuel jeté comme par erreur dans un monde grégaire et normatif ? Je ne vois que trois issues.

Soit il devient fou ou, pire, très malheureux, voire dangereux.

Soit il s'efface pour entrer dans le clan, ce qui n'est pas moins triste.

Soit le clan explose.

Mon père m'a dit que sa fantaisie l'avait sauvé, que ses idées avaient fini par plaire, le docteur de Duve parlait d'une mort nécessaire de l'égoïsme de groupe, Mamiléa d'un chamboulement planétaire. Puis mon père n'est ni fou ni effacé. Alors le clan avait dû exploser.

D'une manière ou d'une autre, admirable ou odieuse, La Grande Bascule avait dû prôner les pensées divergentes.

Divergentes, divergents...

Je marche dans la rue et le mot rebondit dans ma tête. Il me rappelle quelque chose. « Le futur ne se construit pas avec les futurologues, mais dans le chaos fantastique des esprits divergents. » Où avais-je lu cette phrase ?

Je me mets à courir. En même temps, mes pensées s'accélèrent, comme pour suivre le rythme.

J'imagine les gens stressés d'alors, l'oxyde de carbone et les villes sales, la nature surexploitée. Je vois la classe de Thomas, les sérénades répétitives et les moqueries. Puis, je regarde autour de moi, les pierres lisses et les arbres, l'herbe et l'acier, les gens mêlés traversant les ponts, comme sur les dessins de mon père.

Je respire l'air frais et je me repasse ma journée. En 1^{ère}B EIP, on ne répète pas inutilement, on interroge, on guide, on motive, on philosophe. Il n'y a pas d'enfant au regard vide assis au fond de la classe, près de la fenêtre, pour rêver. Pas non plus de John pour s'en moquer. Ce n'est pas envisageable. En 1^{ère}B EIP, les pitres ne le sont jamais malgré eux. On y cultive donc bien « le chaos fantastique des esprits divergents ».

Dire que cela ne m'avait jamais frappé, que ça m'avait toujours semblé normal.

Dire que toute cette histoire s'était effilochée, qu'on ne m'en avait rapporté que des anecdotes et que j'étais passé à côté, prenant ma petite existence comme une évidence.

Je ne voyais que l'avenir. Et là, c'est le passé qui me retient.

J'accélère encore et la phrase me revient en boucle. J'essaie de ne pas céder à la panique, celle qui s'amorce quand tout se bouscule un peu trop. Je respire moins vite, je compte, je décontracte. Je pense au sourire en coin de mon père.

Je cours toujours. Coupant par les champs pour rejoindre l'appartement plus vite. Et c'est alors que je me souviens. Comme quoi c'est toujours malin de changer de point de vue. D'ici je vois l'immeuble au loin, au dixième, notre appartement, au fond du couloir ma chambre, sur mon bureau l'article sur le Spoutnik où j'avais lu cette phrase.

Je zappe l'ascenseur. Au dixième, je crois que mon cœur va éclater. J'entre. Je ne prends même pas la peine de claquer la porte derrière moi. J'envahis ma chambre avec urgence.

L'article est toujours sur mon bureau. Il me fait l'effet d'une apparition. Je repère la phrase tout de suite, presque à la fin, suivie de ces paragraphes que je n'ai jamais lus. Et tout se dévoile d'une traite. Sans ménagement.

Je replie l'article.

C'est presque limpide à présent.

Zebraska

J'ai rendez-vous à Amsterdam, au Stedelijk Museum, avec Edward Hopper, le peintre. Enfin, avec ses tableaux, et même un en particulier, que je veux voir en vrai. Je ne sais pas pourquoi il m'attire. Il n'est exposé que deux mois et on a dû se battre pour obtenir les billets.

J'ai pris le train tôt ce matin, avec Victoria et Magali. J'ai dit à Victor que je rentrerais tard le lendemain. Il m'a accompagnée à la gare. Pour une fois c'est lui qui reste et qui s'occupe des garçons.

Dans le train, je colle mon nez à la vitre. J'aime cette impression d'être immobile et que le paysage file comme s'il était pressé. Je pense à Mattéo. Mattéo qui crève les planches, qui met du théâtre dans nos vies. Puis à Thomas. Ils sont dans ma tête tout le temps. Mes fils m'habitent !

Mon grand a quinze ans déjà. C'est un jeune homme presque normal. Parfois, lorsqu'il est fatigué ou contrarié, de vieux réflexes se mettent en branle, alors il suce ses doigts, se balance d'arrière en avant en gémissant ou se recroqueville sur le sol en poussant de petits cris. Et il prétend que tout est de ma faute. Parfois, je pense à la femme qu'il *aimera et je la plains. Je l'envie, aussi. Thomas est devenu plus serein, plus réfléchi. Plus soumis. Et je me demande toujours si cette prédisposition à obéir n'est pas pire. Pire que la révolte, que le prix à payer pour son originalité. Victor me dit que j'ai vraiment l'art de voir les soucis où il n'y en a plus. Thomas est plus heureux, c'est certain, mais s'il pouvait garder le bénéfice de cette insouciance sans perdre la folie de ses rêves… Peut-on jouer un rôle toute sa vie ?*

Mais elle m'échappe, sa vie. C'est bientôt un homme. Je n'y peux plus rien.

Mes amies font la conversation sans déranger mes pensées. Je leur souris. Je suis bien. Résignée. Je pense à moi. Pour la première fois depuis quinze ans. À tout ce temps devant moi désormais. Moi aussi, j'ai une revanche à prendre.

Après son grand succès à Paris, l'exposition d'Edward Hopper à Amsterdam est ce que les journalistes appellent un fait marquant. La file est interminable devant l'entrée du musée et cet engouement collectif me donne l'envie de me sauver. Il fait beau. J'observe la foule joyeuse qui jacasse, une inépuisable source d'inspiration pour mes dessins.

Nous entrons enfin. Je ne perçois plus rien du bruit des conversations. Je le repère tout de suite, ce fameux tableau.

Je marche vers lui, il s'appelle Morning Sun. *Dans ma course, je bouscule un homme, il y a quelque chose de tellement hypnotisant chez cette femme assise sur son lit, face à la fenêtre ouverte. Elle est immobile, comme soustraite au monde. Je suis tout près d'elle maintenant. Il me suffit de fixer son profil pour ressentir son attente et sa mélancolie, cette sorte de solitude tendue vers un ailleurs. C'est figé, presque ordinaire et si mystérieux pourtant. Comment peut-on peindre une chose aussi vraie ? Je connais cette femme. Je sais parfaitement à quoi elle pense. Elle a des enfants et des soucis (comme tout le monde), un mari et une copine subitement agaçante :*

— Dis Léa, on va manger où après ? On se disait avec Magali que, près des canaux…

— Tu aimes ?

— Hein ?

— Le tableau, tu aimes ?

— Le tableau ? Bof ! La fille a de grosses cuisses. Et les traits grossiers, en plus ! Il faudrait peut-être que je réserve, j'ai du réseau !

— Réserver ?

— Ben Léa, le resto !

— Pas moi !

— Quoi, pas toi ?

— Je ne trouve pas qu'elle ait les traits grossiers. Elle n'est pas vraiment jolie, mais pas laide non plus.

— Léa, elle est trop triste !

— Non, elle a juste besoin d'air.

— Bon, ben moi aussi j'ai besoin d'air ! On t'attend dehors !

Victoria me quitte en levant les épaules au ciel.

Je suis subjuguée.

Comment aurait-elle pu comprendre ? Je viens de me voir dans un tableau vieux de soixante ans !

C'est un court instant de grande lucidité, comme la fois où Thomas avait uriné sur le plancher. Et je me dis que, s'il est un jour possible d'aligner ces petits moments de grande lucidité, cela donnerait comme un trouble immense !

Mais le plus étrange, c'est cette soudaine conviction que ce jour arrivera bientôt.

Il survient deux ans plus tard, le lundi 15 mars très exactement.

Le climat économique mondial bat drôlement de l'aile depuis quelques années. Une contradiction terrible oppose le monde virtuel dont les avancées frôlent l'inimaginable à l'exploitation archaïque des ressources naturelles. Tout le monde parle d'écologie, mais dans les villes on ne respire plus. On passe des heures à se déplacer. D'un côté tout va de plus en plus vite, trop vite, puis de l'autre rien n'avance. Les grandes puissances multiplient les colloques internationaux. On sent la rupture proche, le moment où continuer comme cela ne sera plus possible. Ça pue l'accident global.

Une seconde guerre froide est née entre l'Occident et la Russie, bloquant les échanges et les accès aux matières premières entre les deux blocs. Les attentats se sont multipliés depuis la chute des tours jumelles en 2001 et les partis extrémistes ont pris une ampleur inquiétante. Les ressources manquent affreusement. Et le monde, à court d'imagination, n'y voit jamais que deux solutions : l'effort général ou le sempiternel appauvrissement des plus pauvres. La première s'impose bien sûr, mais les remèdes politiques se font attendre. C'est comme si la terre s'était mise en état de stase. Plus d'idées ! Le burn-out est planétaire. Une impression de trop de possibles a subitement tué tous les possibles. Plus moyen d'avancer ni de reculer. La grande illusion de contrôle que les progrès techniques nous avaient offerte se prend une leçon d'humilité. Le cerveau universel est complètement bloqué ! Une crise mondiale se dessine peu à peu, à l'allure aussi terrifiante qu'une guerre. Des groupes de plus en plus nombreux de jeunes fuient l'Europe. Pour eux, elle est foutue, alors ils courent chercher la réussite ailleurs. Mais où ? Le chaos est roi. Le bug, cosmique.

Ce lundi-là, vers 11 heures, les grêlons déchirent la fin de l'hiver. Ils sont anormalement gros. Un bruit me sort de mes dessins, des pas résonnent. De mon atelier, je peux voir des ombres approcher de la porte. Elles sonnent. Je ne devrais pas être surprise, elles ont rendez-vous.

L'école de Thomas m'avait appelée le matin même. Ils voulaient nous rencontrer, Victor ou moi, c'était plutôt urgent. Ce serait moi, Victor était reparti deux semaines en Afrique. Thomas n'était pas blessé et n'avait rien fait de mal, je ne devais pas m'inquiéter, il suivait les cours tranquillement. Il s'agissait d'autre chose. Une chose qui supposait que l'on se voit en dehors de l'enceinte scolaire. J'étais inquiète quand même. Je m'étais alors enfermée dans mon atelier, mais mes coups de crayon étaient gauches et mes idées lisses.

Ils sont deux. Des hommes gras et laids dont l'allure sombre ne rappellent en rien l'éducation nationale. Ils se présentent, disent qu'ils sont du gouvernement. Du gouvernement ? J'oublie leur nom sur-le-champ. De toute façon, ils se ressemblent tellement que j'ai de la peine à les différencier. Je leur propose qu'on s'installe au salon, qu'on prenne un café. La tasse me brûle encore les doigts quand ils se mettent à parler, assis, tout noirs dans le canapé blanc. Ils ne me disent rien que je ne sais déjà. En résumé : le monde est malade et l'heure est grave.

Qu'est-ce que Thomas a à voir là-dedans ?

Je dois bien l'admettre, leurs voix sont agréables, leurs propos apaisants. Quand l'un me perd au détour d'une phrase indigeste, l'autre prend le relais avec des arguments plaisants. Je ne suis pas dupe, leur mission est de me convaincre. Mais de quoi ? Ils me manipulent, tantôt mielleux, tantôt presque drôles. Je n'ai qu'à froncer les sourcils pour qu'ils changent de tactique, c'en est presque amusant. Je les laisse venir à moi. Je veux qu'ils se donnent du mal, qu'ils me sentent incrédule. Mais je sais que le jour est arrivé, ce fameux moment de grande clairvoyance et de trouble immense.

« L'homme s'est mis dans une sale galère, disent-ils, mais il est le seul aussi à pouvoir s'en sortir. » Convaincus par ce principe, une cinquantaine de pays de par le monde s'étaient engagés à regrouper au sein d'une sorte d'équipe expérimentale internationale des hommes et des femmes enclins à imaginer et à créer des solutions communes pour l'avenir. Ainsi recrutaient-ils auprès des écoles normales et techniques, des centres sportifs, des associations diverses et des universités, des personnalités qui semblaient convenir à ce projet ambitieux.

— Oui mais, pourquoi Thomas ? Il n'est pas premier de classe ni athlétique, encore moins suiveur. En plus, il déteste les groupes !

Et c'est là qu'il prononce cette phrase qui résonne encore dans ma tête aujourd'hui :
— Justement, madame, Thomas est exactement celui que nous recherchons : il est différent !

En une seconde à peine, le monde s'est inversé. Voilà qu'on s'intéresse aux gens singuliers, maintenant ! Je devrais être ravie, transportée, enthousiaste, mais je me lève, je regarde par la fenêtre, la grêle a cessé de tomber. Quelque chose bataille en moi, une fierté évidente alliée à un jouissif sentiment de revanche guerroie contre un ressenti tout neuf : mais qu'on lui foute enfin la paix ! *Ils restent muets. Pas à court de mots, juste respectueux de mon silence. Je retourne près d'eux, je remplis les tasses de café chaud. Ils doivent se dire que c'est bon signe, car le plus affable des deux me sourit.*
— Mais, pourquoi lui, Thomas, exactement ?
— Disons que nous convoitons des gens à l'imaginaire un peu extravagant, à la pensée singulière, bref, des esprits que nous estimons particulièrement disposés à prévoir les conséquences de nos actes futurs. Les HP entrent parfaitement dans cette catégorie.
— Parfaitement ?
— Du fait de leur hypersensibilité, les HP ont l'esprit souvent saturé. Grâce à leurs pensées extrêmement imaginatives, ils mettent alors en place des modes de traitement très particuliers pour faire face à cet encombrement et s'adaptent ainsi extraordinairement bien aux situations bloquées. Nous avons besoin de cette manière de raisonner pour aider le monde à conceptualiser un avenir différent.

— *Mais Thomas n'a que dix-sept ans, et il projette d'entreprendre des études d'architecte dès l'année prochaine.*

— *Ce n'est pas un problème, madame, la cellule d'urgence travaille en collaboration avec les universités, Thomas pourra suivre ses cours et travailler sur le projet de développement commun. Grâce au dessin, son domaine de prédilection, il revisitera avec des biotechniciens l'urbanisme des grandes mégapoles.*

Ils me vendent leur produit clés en main avec un talent manifeste. Ils ont pensé à tout ! Je tente un dernier round :

— *Et l'urgence ? Une cellule d'urgence, ça doit fonctionner vite, non ? Un tel programme, à une telle échelle, avec autant d'intervenants, ça va prendre un temps fou !*

— *Ça ne s'arrêtera jamais, répond l'un d'eux avec gravité, mais les premiers impacts de ces recherches seront mis en place d'ici quelques années.*

L'autre se penche et ouvre sa mallette, il en sort quelques feuilles agrafées qu'il me tend. Il s'agit d'un article de presse concernant le recrutement de la NASA. Puis, sans me laisser le temps de le lire, il enchaîne :

— *En 1957, la Russie a lancé dans l'espace le premier satellite artificiel : Spoutnik 1. Les États-Unis, vivement contrariés par cette avancée russe, ont alors mis en place une cellule destinée à combler leur retard dans la recherche spatiale. Pour la constituer, ils ont recruté ceux qu'ils appelaient alors diplomatiquement des « esprits divergents ». Cela concernait les personnes qualifiées erronément de surdouées, mais aussi les oreilles absolues, les*

305

dyslexiques, les aveugles, les médiums, les autistes… Une année plus tard naissait la NASA. Et en 1969, le premier Américain marchait déjà sur la Lune.

Les patrons des patrons de mes types en costume n'avaient donc rien inventé !

Et les bureaucrates sont partis comme ils étaient venus, dans une averse de grêlons.

Cette histoire aurait pu ne jamais arriver. Je ne possédais de leur passage qu'une carte de visite que j'aurais pu détruire sur le champ et le souvenir de cette dernière phrase : « Appelez-nous rapidement madame, s'il vous plaît ! » Le destin de Thomas était entre mes mains et il me brûlait les doigts. Le soir, j'ai appelé Victor. Mais la décision revenait à Thomas et je la connaissais déjà.

Trois mois plus tard, Thomas rejoignait la cellule d'urgence. Il fut intégré dans un groupe de travail qui s'attelait aux arcanes de l'architecture biométrique, une notion basée sur l'idée d'engendrer des habitats calqués sur le mode de vie des insectes. Inutile de te dire qu'il exultait !

Des dizaines de groupes aux missions multiples gravitaient autour de ce programme, composés de gens considérés autrefois comme étranges ou inadaptés.

Puis arriva cette femme, celle que toute mère redoute, celle qui soudain prend toute la place. Elle travaillait pour la cellule médicale, dans le cadre de la recherche approfondie des émotions. Elle était infirmière, recrutée pour son don particulier à soulager la douleur des patients. Ta mère avait une présence anormalement apaisante, ce qui, pour Thomas, n'était pas le moindre de ses charmes !

À cette époque, il m'arriva de penser que chaque génération devait avoir sa tribu glorieuse. Et que l'ère des zèbres en tous genres était en marche !

C'est à la fin de cette même année, en 2027, que fut proclamée La Grande Bascule.

Pour éviter le pire, les gouvernements n'y étaient pas allés de main morte : coupure d'électricité dès 20 heures, retrait de la circulation de toutes les voitures à carburants polluants, réorganisation de l'habitat, du système de communication, suppression de tout type d'emballages non recyclables, limitation des trajets en avion, renforcement des contrôles alimentaires, élaboration d'un enseignement à classes intégrées... la liste des restrictions était interminable, mais compensée par des alternatives probantes. Si bien qu'après les révoltes et grognements d'usage on finit par s'adapter. Il y eut un régime de transition, histoire de mettre les changements en place, de roder nos nouvelles habitudes. Et ce fut là les prémices du monde que tu connais.

Consommer sans créer avait été un péril mortel. En défiant les lois de la nature, les hommes s'étaient mis en situation critique. Une sorte de honte s'était emparée d'eux et on préféra taire que raconter. L'avenir, autrefois négligé, portait l'espoir d'un monde meilleur et devenait l'unique centre d'intérêt. On en oublia le souvenir, l'Histoire, les histoires et la fantaisie, pourtant essentiels à l'humanité.

Aujourd'hui, les livres sont répudiés. Leur renoncement ressemble à un nouveau suicide, car ils sont le seul lien entre la mémoire et la promesse de liberté. Alors, crois-moi, ils sont comme les zèbres, ils attendent leur heure !

Je voulais t'offrir un livre, Marty. Un livre écrit pour toi. Pour que tu ne sois pas réduit à demain.
Ni privé de cette joie de lire qui aide les hommes à vivre.
Un livre où se cachent toutes ces choses qu'on n'ose plus dire.
Alors bien sûr, mon zèbron, tu n'es pas responsable de cette abolition absurde puisque tu ne l'as pas initiée, mais tu n'es pas tout à fait innocent non plus si tu la perpétues…

Voilà, tout est fini.

On m'a rendu mon histoire.

Les silences de mon père ne sont plus des silences.

Je n'ai que quinze ans et, en quelques mois, j'ai l'impression d'être devenu un homme. En tout cas, je ne suis plus tout à fait le même.

Je me vois devenir un jour journaliste ou néo-historien.

Je suis heureux.

Épilogue

Le soleil vient tout juste de se lever. Je n'ai pas dormi. Je pense à Scott. Il nous a quittés hier pour Paris. Une proposition qui ne se refuse pas : il est fermier urbain.

Je regarde la chambre où j'ai grandi. C'est sans doute une des dernières fois, maintenant que je suis docteur en psychologie des comportements exploratoires. J'ai choisi la curiosité et la lutte contre l'ennui comme métier et je sais à qui je le dois.

Je souris.

Je caresse le livre à la couverture rouge, le dernier cadeau que m'a fait Mamiléa. En rangeant mes affaires, hier, je suis retombé dessus. Et je me suis revu, à quinze ans, blotti sous ma couette, lisant dans le noir, ébranlé.

Plus tard, il m'était arrivé de relire certains passages, surtout le soir, quand la lumière s'épuisait, et d'ajouter quelques notes potaches aux mots de Mamiléa.

Puis, un jour, comme on délaisse un vieux jouet sans vraiment savoir pourquoi, je n'avais plus ouvert *Zebraska*.

Je l'avais effacé de ma mémoire.

Pourtant, depuis hier, il m'obsède à nouveau.

Comme si je n'avais pas tout compris.

Toute la nuit, j'ai brouillonné cette aventure dans ma tête, ajusté des mots, des pensées, des débuts, confusément.

Ce matin, il manque toujours quelque chose.

Je me lève, je fais les cent pas en imaginant les scènes. Je me repasse des épisodes entiers, je les aère. Après toutes ces années, ils sentent un peu le renfermé.

Je respire la couverture rouge.

Je soupire.

J'allume mon holo.

J'écris :

J'ai 22 ans. Je suis né d'un père
aux sens exacerbés,
aux questionnements sans limites
et à la curiosité aggravée.
Un père à l'imagination débordante
et à l'humour bizarre.
Un chevalier preux au sens
de la justice démesuré.
Un idéaliste colérique parce que incompris.
Laissant derrière lui le plus beau de lui-même,
pour moi, moi qui ne savais pas.

Louna vient de se réveiller. Elle se lève, enfile mon tee-shirt de la veille. Elle s'avance vers moi en bâillant. Je ne sais pas si elle sera la mère de mes enfants ni même ma femme, si on rejoindra un jour la planète d'où on vient, mais mon tee-shirt lui va très bien !

Dans la foulée, j'enchaîne :

Je m'appelle Martin, un nom classique qui ne suppose aucune association stupide.

Elle passe sa main dans mes cheveux et me pose la question que je me pose moi-même : « Tu fais quoi ? »
Je relis ma dernière phrase.
Et je lui réponds que je suis en train d'écrire un livre.
Le premier de l'après-Grande Bascule.
Et qu'il commencera sans doute de cette façon.

Remerciements

L'écriture d'un roman – et la possibilité de le voir édité – constitue un long processus derrière lequel se cachent de nombreux acteurs invisibles. Un immense merci à mes proches, à l'équipe des Éditions J'ai lu et à toutes celles et ceux qui m'ont soutenue dans cette seconde aventure de *Zebraska*, mais aussi conseillée, guidée, lue et relue.

Et tout particulièrement à Valérie Miguel-Kraak, Stéphanie Vincendeau, Hélène Fiamma, Julie Fallon, Marie Foache, Agathe Mathéus, Roseline d'Oreye et Martin Bary.

12776

Composition
NORD COMPO

*Achevé d'imprimer en Espagne
par* BLACK PRINT
le 4 février 2020.

Dépôt légal février 2020.
EAN 9782290217801
OTP L21EPLN002681N001

Éditions J'ai lu
87, quai Panhard-et-Levassor, 75013 Paris

Diffusion France et étranger : Flammarion